火鳥宮行動

提子墨——著

【各界名家好評】

眼中映著台灣各地風景、不時襯著懷舊的音樂；一群看似不相干的人，因為奇妙的緣份連結、因為助人而療癒了自己……美麗的故事總是在遺憾中發生。

——藝人／金鐘獎最佳迷你劇集女主角**陳孝萱**

失業的ＩＴ主管、自我封閉的暢銷作家、被包養的過氣天后、少女心的詐騙惡霸、癌末的駐唱歌手，五個人陰陽陽差踏上環島尋人之旅。作者將這座島嶼的文化元素發揮到極致，構築出一部前所未見、幽默感人的冒險成長小說。掩卷之餘，內心的感動，無以名狀。

——作家**張渝歌**

電影劇本般的故事，節奏輕快、明朗，多線故事開端，最後融合成一個獨特且動人心弦的故事。書中結合台灣獨特美軍駐台歷史背景，以及原住民的部落風情，由書中人物的掙扎與勇氣，開創出台灣新公路小說、新冒險小說的格局。

——愛情／輕小說作家**逢時**

故事舞台橫跨各個台灣縣市，一道跨越半世紀的歷史悲劇，將眾人的命運與未來交織在一起……這是內心充滿希望的人，才能寫下的小說！

——奇幻／輕小說作家**月亮熊**

Content

目次

I 時光倒流半世紀

蒂娜用淺棕色的眉筆，在剃光的眉上仔細地描著，勾勒出兩道像柳葉般的弧線，再用眼線筆將圓圓的杏眼拉出兩道修長的眼尾，她將鏡子拉遠看了又看，才又拿出一支豔紅的唇膏，將嘴型畫成如櫻桃似的朱唇。

窗外傳來幾聲汽車的喇叭響，她探出頭朝大街望了一望，一位棕髮碧眼的年輕男子正站在吉普車駕駛座上，對著她的窗口揮著粗壯的手臂。那男子的臉上帶著一抹稚氣，燦爛的笑容就像迎著陽光的向日葵，在他寬闊的肩膀上還襯著兩片軍便服的臂章，一米八五的挺拔身材，彷彿是從希臘神話裡走出來，令眾多女神神魂傾倒的納西瑟斯。

蒂娜回過頭抓起了皮包和外套，匆匆跑出了房間，經過悌悌的房門時還大喊了一聲：「我出去了，妳今天自己去上班吧！」

「妳跟誰出去鬼混呀？」悌悌的臉上還敷著蜂蜜蛋清，只能用很模糊的口音支吾地問她，不過並沒有聽到任何回應。她走到窗邊往外探了一探，正好看見那位洋男子拉開車門，邀請蒂娜上了那台敞篷的軍用吉普車。悌悌在窗台前喃喃自語：「又是那個萊恩喔！這麼好命，搭上個有車階級的阿哆仔長官？」

她們倆都在台北美軍招待所附近上班，不同的是蒂娜在一家叫「Perry's」的俱樂部駐唱，而悌悌則是在一間無牌酒吧「瑪杜莎餐廳」當吧女。兩人都是從屏東上台北奮鬥的南部女孩，雙方在老家時還互不相識，悌悌是在Perry's陪美國大兵「買大酒」時，才得知台上那位演唱爵士歌曲的女歌手也是從屏東來的，兩位他鄉遇故知的女子才開始熟捻起來，後來還在雙城街附近合租了一層兩房透天厝。

蒂娜之所以可以比悌悌幸運，能站在台上不需要靠美色和肉體掙錢，全憑她在高中時代優異的英文成績，以及小時候在天主堂受到外國神父的啟發，才會對洋文和音樂充滿了濃厚興趣。童年時的蒂娜就常和一班小朋友站在教堂前獻唱聖詩，再長大一點後還透過神父的介紹認識了西洋歌曲，也從他的老唱機裡學到了許多五十年代的西洋金曲。

要不是家中還有三位年幼的弟妹，她也不會在高中畢業後就北上掙錢，但如果不是如此的因緣際會，她也不可能在偶然間實現了上台演唱的夢想。

民國五十五年，台北美軍招待所成立的第二年，還未滿十九歲的胡靚妹來到了台北，剛開始也和許多外地女孩一樣，在招待所附近的餐廳、旅館或俱樂部裡洗碗打雜。

直到有一次，無意間被俱樂部裡「雷洛合唱團」的鼓手發現，這位黑黑瘦瘦的鄉下女孩在打雜時，竟然哼著那首叫「帶我上月球（Fly Me to The Moon）」的英文歌曲，發音與咬字簡直就像個洋女人，輕柔如煙霧般的嗓音也宛若佩姬・李（Peggy Lee）的分身。

這位鼓手驚為天人將她引薦給團長，才終於發掘了這位深具潛力的女孩。從此胡靚妹成了雷洛合唱團的女主唱，也取了個「CRISTINA」的洋名，蒂娜也因此漸漸成為Perry's俱樂部裡頗受歡迎的爵士女歌手之一。

他們和另外兩個樂團每晚輪流在Perry's各表演兩場，俱樂部裡的顧客絕大多數是從越南戰場飛到台灣，以「休息復原計畫（R & R）」之名度假的美國官兵，還有他們在台灣的女友或帶出場的吧女。當時還很單純的蒂娜，並沒有像其他女子那樣勾搭上任何美國大兵，尤其是那些每次才來台休假五天，鎮日狂歡縱慾的過客。

因為，她聽過太多吧女為了才見過幾次面的美國大兵墮胎，或者天真守候著一段無疾而終的戀情，最後卻依然孤身將混血兒女拉拔大的悲劇故事。

不過悌悌仍然笑她傻，總是無緣無故推掉那些仰慕她的大兵情人：「妳不知道美國人就是亮晶晶的美金啦，他們的錢可比我們台灣錢『大圓』耶！妳要是交到一個真心愛妳的大兵情人，還幫他生下一個古錐囝仔，肯定就能綁住他們的心囉！說不定在越南打完仗之後，就會把妳接到美國呢！」

蒂娜從來不覺得自己會有那種命，她現在每個月可以分到台幣一百塊出頭的駐唱費和小費，已經覺得綽綽有餘了，寄些家用給屏東老家的父母後，手邊還能存到一筆小小的積蓄，她對目前這種踏實的生活已經非常滿足了。

不過自從她遇到萊恩•堅肯斯後，所有的原則卻完全被他給打亂了。

剛開始，她還對這位總在演唱中場時間，找她搭訕的異國男子很反感，尤其討厭他常在英語對話中賣弄幾句自以為很流利的中文。她曾經直接回絕過萊恩的糾纏，表明自己對R&R度假的美國大兵沒興趣。

結果他卻出乎意外地回答：「（我不是從越南來度假的美國大兵呀？而是長駐在台灣美軍顧問團的士官，目前負責支援督導台北附近的一個營區。）」

「（什麼是美軍顧問團？聽都沒聽過！）」蒂娜假裝一副毫不感興趣的樣子，一邊打馬虎眼，一邊朝著吧台旁的其他團員使眼色求救。

「（就是美國軍事援助技術團ＭＡＡＧ呀，我們是被派過來輔導台灣軍事技術的顧問小組，我已經在台北待了快一年了！）」

「（這麼複雜的英語名詞，我聽不懂啦。）」

「（反正……意思就是……我是長期在這裡的美國軍人啦！妳還有什麼理由拒絕和我跳一支舞？）」

蒂娜實在受不了這位死皮賴臉的洋大個，當下腦袋轉呀轉的，不經意瞄到他襯衫領口敞開的胸膛，索性就瞎扯：「（我不喜歡毛髮這麼濃密的男人，看起來非常噁心，這個理由夠了吧？我要上台演唱了！）」

萊恩看著她走向舞台的背影，露出一抹失望的神情。畢竟他從小到大還不曾被女孩子拒絕過，在台灣這段時間有多少女人對他投懷送抱，他卻從來不像其他洋同事那樣為所欲為。怎麼這會兒卻會栽在這位令他傾心不已的小女人身上？

蒂娜本來還以為這位長得還算帥氣的洋士官，肯定會像那些醉翁之意不在酒的度假大兵，在她幾次刁難後就知難而退。誰知道一星期後的周末他又來了，而且仍舊在中場休息時間擠到角落那張她專屬的高腳凳旁，露出兩排潔白的牙齒微笑地看著她。

「（妳瞧！我現在是妳可以接受的類型了吧？）」萊恩迅速解開襯衫上的四、五顆釦子，露出完全光滑白嫩的胸口，還如定格般傻傻地笑著。

他裂開嘴維持著那副俏皮笑容：「（我今天早上足足花了兩個小時，躲在自己的小房間裡，將全身上下的毛全都刮得一乾二淨！還用掉我好多刮鬍泡沫呀！）」

她看著萊恩胸口還有幾道狼狽的刮傷，愣了好幾秒後，才指著那片潔白的胸口噗哧大笑出來，抱著肚子怎麼也直不起腰來。愣頭愣腦的萊恩也跟著傻笑了起來，還像耍猴戲似地也露出潔白的雙臂和小腿，向蒂娜展現自己的「冰肌玉膚」。

他們倆的笑聲持續了好幾分鐘，夾雜在背景那首貓王的經典搖滾歌曲「沒事啦（That's All Right）」的歌聲中。

從那天開始，她不再排斥他、不再刁難他，甚至接受他的邀請到台北美軍招待所看過幾場洋片；也陪著他偷偷開著營區的吉普車到郊外兜風；或者去那些美國大兵絕對不會去的小吃攤大啖。蒂娜並非因為萊恩剃成了光溜溜的無毛雞才接受他，而是被這麼個棕髮碧眼的二愣子感動了，也被他勇往直前的單純吸引住了。

蒂娜相信萊恩應該是真心喜歡她，她可以從他認真的眼神看出來，彷彿也能從那雙藍色的眼珠和褐色的瞳孔裡，窺探到那個屬於他的異國世界，見到他口中常提及的美國親友們。

「（我的家人都住在加州的舊金山，我爸是火車站的站務員，媽媽則是個小學老師，還有兩個在讀高中的弟弟。他們一定會很喜歡妳，因為我們家一直以來都沒有其他女孩子……）」萊恩左手握著方向盤，右手則隨著說話的語調律動著，有時還會深情地握住她安靜的左手。

「（等我結束台灣的技術支援調回本土時，一定會帶妳到舊金山見見他們！）」

「（喔，那我到時候是不是也該在頭上戴幾朵花？）」

「（聽不懂，為什麼？）」他有點納悶挑了一下眉。

「（有一首新歌不是唱道『如果你要到舊金山，別忘了在頭上戴幾朵花』！）」

「（哈哈哈……小傻瓜，妳也不是我們那邊的嬉皮花孩兒，只有他們才會將花戴在頭上啦！）」

萊恩大笑了出來，還放聲唱起了那首英文歌曲：「（如果你要到舊金山，別忘了在頭上戴幾朵花；如果你要到舊金山，你會遇見許多和善的人們。對那些到舊金山的人們來說，那兒的夏日時光充滿了愛，在舊金山的街道上，和善的人們把花朵戴在髮上……）」

他的歌聲劃過了台北的天空，她的髮絲在風中飛揚，化成了許多許多輕快的弧線，一路飄過冬陽暖暖的雙城街、農安街、德惠街……

「（還是不行，我阿爸和阿母才不會讓我去那麼遠的地方呢！）」

「（那，我們過一陣子就到屏東，妳把我介紹給他們，我會求他們讓妳跟我回去！）」萊恩天真的回答，並不知道當時南台灣的民風，其實比台北更保守了許多。

蒂娜只能敷衍地喃著：「（再說啦……）」

那一年，在台灣至少發生過三起美國大兵強暴本地婦女的新聞，小道消息傳遍了大街小巷，許多台灣居民都對那些從越南來台灣狂歡縱慾的美國大兵，有著極度厭惡的情緒與壞印象。如果在這節骨眼貿然將萊恩帶回老家介紹給父母，肯定會引來一場不小的風波，搞不好全村鄰居都會誤以為她是在台北當吧女，專門接待各式各樣的阿啄仔。

蒂娜曾經以為他們倆就會如此順遂地走下去，期待他期滿後轉調回美國本土，等待他將自己接到舊金山去見他的家人。

然而，將近半個世紀過了，她終究還是淪為那種時有耳聞的悲劇女主角之一。

II 海嘯

「您好，這裡是西城銀行，請問高金花小姐在嗎？」

「我就是，有什麼事嗎？我正在開會喔！」

「高小姐，耽誤您幾分鐘，我只是想向您推薦我們公司的加值專案……」

「我現在真的很忙，不然這樣好了！你把手機號碼給我，我開完會後馬上覆你機！」

「我的手機號碼？不太方便吧？那是我的私人電話耶？」

「咦，奇怪了？你沒經過我的同意就很方便打我的手機，為什麼我不方便打你的呢？」

「這……這……」

「嘟——」電話斷線。

「周太太，您好！這裡是西城銀行，由於您是我們的優質信用卡用戶，在此想向您推薦一份超值的旅遊保險！」

「（咕嘎嚕嘛歹！咕嘎咕嘎嗯拉嗯……）」

「請問您那是越南話嗎？您—會—說—中—文—嗎？」

「（喀拉咖嗯拉嗯！NO—掐—溺—死！NO—太—萬—溺—死！）」

「主任，有人會說泰國話或菲律賓語嗎？這位客人好像是位瑪麗亞喔！」

「掛掉掛掉！從行銷名錄上刪掉她的資料和電話。」

「嘟——」

彥基在電腦上點了那個電話號碼兩下，將個人資料的備註欄上鍵入了「東南亞人士」幾個字，正要勾選「從撥號名單上永久刪除」時，又想到那位瑪麗亞也許是幫女主人接電話，索性就選了「暫時停止撥號」的選項，將這個號碼排除在CTI自動撥號程式之外。

他舉起雙臂伸了個懶腰，調整了一下座椅高度，也順勢環顧週遭的其他同事，大家都聚精會神盯著電腦螢幕，或正用耳麥戰戰兢兢地說著話。他才又低下頭繼續按下「撥號」鍵，凝視著電腦上的自動撥號程式，快速亂序地撥著不同的號碼，只要有任何號碼被接通，程式就會馬上跳出該名受話者的詳細資料視窗，他只需按下視窗上的「通話」鍵，便可依照正確的稱謂及姓名向對方舌粲蓮花一番。

「您好，廖小姐！西城銀行向您推薦最尊貴的ＷＣ金卡，您只需要……就可享有……」

「歐。麥。尬。的，這也未免太巧了吧！先生，我也在電話行銷公司上班咧！聽完你的介紹之後，我覺得我們公司推廣的ＴＢ金卡，比你們的ＷＣ金卡還要物超所值喔！」

「廖小姐，您這是在開玩笑吧？」

「當然不是呀！用我們公司的ＴＢ金卡付水電費、電話費或瓦斯費，都可享有半年免循環利息的優惠呢！你們ＷＣ金卡沒有吧？心動了嗎？」

「嗯……」

「先生，乾脆你申請一張我們的ＴＢ金卡，我就申請你們的ＷＣ金卡，這樣大家都有佣金可賺嘛！你把LINE的帳號給我，我馬上就將申請表格『賴』過去！」

「嘟——」電話斷線。

「哈囉，劉先生，這裡是西城銀行……」

「歡迎致電彩虹猛男徵友熱線，要聽取留言請按1、更新您的徵友語音請按2……對不起，無法判別您的輸入，五秒鐘後自動進入彩虹猛男語音聊天室，請稍候……」

「嘟——」

彥基驚魂未甫摘下了耳麥，將電腦上的ＣＴＩ自動撥號程式按了暫停鍵，從桌上抓起了一瓶烏龍茶就往嘴裡猛灌。

整個早上他已經撥了近七十通電話，卻沒有一位受話者願意耐心聽完他的行銷內容，有的人壓根子就當他是詐騙集團；有的人一聽到是銀行來電就馬上掛掉；也有人會氣憤地質問是誰外洩了自己的手機號碼；要不就是故意發出噁心的喘息聲或講些他聽不懂的天語。

幾個小時下來他的成交率根本就是零，其實這兩天以來他的業績也幾乎是吊車尾。星期一的晨間檢討會，電銷部的協理「孔雀王」還撂下了重話，要是他們電銷三組的業績繼續如此慘澹下去，可能就會將他們改組或解散掉，到時他包準又得面臨待業的危機。

這份活他才幹不到四個月，想不到這麼快就要去面對那些倒楣事了。

「你們這個部門怎麼不向電銷一組的廖北娜學一學？她光是上個月就成交了三百二十多張訂單，底薪加上提成獎金就領了十多萬元，客戶們還主動打電話指名要找她下單呢！」

彥基瞄了一眼會議室另一頭的廖北娜，她正半眯著眼、仰著下顎，露出一種小學模範生似的驕傲笑容，還不經意和他對望了幾秒，然後又不屑地將眼神飄回講台前的孔雀王身上。

同組的丁致庫在他身後低聲喃著：「廖北娜？撂耙仔啦！我懷疑上次就是她向網管部投訴我的電腦裝了『老闆鍵』，還舉發我上班時偷玩線上遊戲。狗腿！褥瘡！」

孔雀王銳利的眼神掃過電銷三組的每一位成員，他頸椎的老毛病常會讓他在動氣時，脖子不由自主的前後伸縮著，再配上他那套招牌的鮮綠色西裝，的確像一隻傲視群倫的雄孔雀，正高高在上環視著他們這群沒有毛的雛雞。

「我曾經耳提面命過多少次，要達到讓客戶們『衝動性消費』的誘因，就是得靠你們熱誠的語調，營造出那種絕無僅有、唯我獨享的氛圍，才能讓他們在掛電話前的『黃金三十秒』被你吸引住……」

丁致庫活像個碎嘴的小老太婆，繼續在後面竊竊私語：「他們其他組推廣的全是直銷廠商的養生保健品，什麼蜆精、螺旋藻、深海魚油……之類的東東，電話行銷名錄上也都是知名產業的高層主管，或是貪生怕死又不懂得上網購物的花甲貴婦團，哪能和我們的業務相提並論嘛！」

的確，電銷三組所推廣的全是聯合廠商「西城銀行」的付費服務，包括升等金卡、加值旅遊保險、免循環利息、刷卡抵現金……之類的套餐行銷，都是借重他們這種外包的電話行銷公司來促銷，所有的名錄也是西城銀行所提供的會員或持卡人資料。

因此，他們這一組根本就是集消費者最敬鬼神而遠之的三大「魔鬼粘」——電話行銷員、保險推銷員和信用卡推廣員於一身，大家對他們先入為主就是「又氣、又恨、又很難甩掉」。

「吳彥基，尤其是你！三個組裡你的業績最差，我真想不透你怎麼會進入這一行？好好加把勁吧！有什麼問題可以請教一組或二組的行銷高手，不然再這樣下去，你遲早就要捲舖蓋走路了！」孔雀王晃著略嫌臃腫的下盤，不知何時踱步到他跟前，用一種恨鐵不成鋼的表情狠狠盯著他。

他只能紅著臉低下頭謙卑地回答：「是的，孔協理，我絕對不會再讓您失望了……」

彥基也搞不清楚自己為什麼會進入這一行？以他那張知名大學企管系的文憑，和ＭＢＡ工商管理碩士的學位，十多年前所能找到的工作當然不僅僅是如此而已。他曾經當過外商廣告公司的企劃部經理、知名公關公司的市場部協理、ＩＴ企業的管理部總監，卻因為一場金融風暴造成的經濟不景氣，讓他首當其衝成為裁員風波的第一線受害者。

像他這種年近四十的男性資深員工、高薪又高學歷的主管，那些大企業裁掉一個他，就可多養活三、四個剛畢業的小毛頭，還能省下一大筆年終分紅的預算。這讓曾經自視甚高的他從雲端上重重摔了下來，從此鼻青臉腫一蹶不振。

剛開始他還好面子不想讓妻子佳蒨知道實情，每天依然穿得光鮮體面，拎著公事包和筆電出門，然後躲進咖啡廳裡上人力銀行尋找工作機會。他從星巴克、麥當勞、便利商店，坐到不用花錢的圖書館；從一杯台幣一百多元的星巴克焦糖瑪奇朵，改喝一杯幾十元的超商美式咖啡，最後索性買了一大包三合一即溶咖啡，用民眾活動中心的飲水機湊合地泡著喝。

將近六個多月朝九晚五的日間流浪漢生活，他還是沒找到一份如過往那般風光體面的職務，就連當年視他為瑰寶的幾家獵人頭公司，也沒有給他任何回音。他退而求其次應徵過許多小主管的職缺，不過那些小公司看到他履歷上的學經歷，都尷尬地表示他們是小廟容不了大佛，也不好意思差遣他這麼個ＭＢＡ碩士當文員。

過往幾年所攢下來的積蓄，因為每個月還要支付給不知情的佳蒨一筆筆家用、貸款和零用錢，也都快坐吃山空見了底，他告訴自己必須要小心翼翼地花錢，才能神不知鬼不覺度過那段待業的困境。

不過，那種隻手遮天的日子畢竟還是紙包不住火，沒多久就讓佳蒨給端倪出真相了。

彥基待過的那家ＩＴ企業的財務部，竟然不長眼地打了通電話到家裡，請他跑一趟公司去領上年度的扣繳憑單，在佳蒨拐彎抹角、旁敲側擊地追問下，才將他被遣散的事實給挖了出來。一向刁鑽的她當然大發雷霆，頓時將家裡鬧得天翻地覆，不僅是她娘家上上下下的親戚都知情，彥基的父母及兄妹們也全都得知消息了。

連巷口賣自助餐的歐巴桑看到他，也都露出一種憐惜路邊野貓野狗的表情，打氣似地跟他說：「吳先生，聽講你也丟了頭路喔？免失志啦！以後你來買自助餐，我攏給你打八折！」語畢還握著拳振了兩下，老派地喊了一聲：「要加油喔！」

那段期間佳蒨和他天天都有吵不完的架，她曾經咬牙切齒對著他怒吼：「我並不在乎你丟了工作，也不是稀罕你無法再讓我吃好的、穿貴的，而是……你千不該萬不該對我扯謊，還瞞了這麼個天大的祕密！」

彥基永遠記得她眼裡所散發的那股寒光，冷得讓他也覺得自己絲毫不值得同情。

沒幾天後她就負氣搬回娘家，不過衣櫃裡二十多個名牌包、近百雙名牌高跟鞋和設計師品牌的時裝，她一件也沒有『不在乎』還是全帶走了。那一走就是一個多月，最後一次和她見面時，是在律師事務所簽離婚協議書。

他早知道佳蒨這麼個小她十多歲的女子，會嫁給他並不是因為他的外表或內在，而是當年他那道ＩＴ產業高層主管的光環，和那筆足夠她穿金戴銀的優渥收入。如今那道光環和鈔票都沒了，他充其量只不過是個落入凡間的天蓬元帥，佳蒨看扁他這隻豬八戒是很難重登天庭了，當然要趁著還青春美麗時趕快甩掉他，也許下一個男人會比他更好！

就這樣，他們結束了維繫五年多的婚姻，彥基並沒有跪下來抱住她的小腿哭喊、挽留，反倒很認命的由她去張羅分道揚鑣的事宜，賣掉了那間他供了十多年的透天公寓，然後將一半的房產和所剩無幾的積蓄給了她。

他非常清楚就算留得住她的人，也不可能供養得起她那顆虛榮的心。

III 孔雀開屏

在彥基失業與離婚之後，很長一段時間都是無所事事，蟄伏在租來的小公寓裡，他的父親還曾經打過一通莫名其妙的電話。以他那位做事一板一眼，甚至略嫌沉默寡言的老爸而言，那真是平日難得一見的舉止。

想當年彥基在大學社團玩攀岩摔斷了手腕，左手上了石膏在醫院裡整整躺了一個月，老爸也沒有打過電話噓寒問暖，反倒是老媽還特地從老家趕上來，在醫院裡陪了他兩個星期。

這會兒，老人家卻關心起了他？

他接起手機後，老爸在電話那頭沉默了好幾秒，才嘆了一口長長的氣：「嗯，是你老媽要我打這通電話的啦！她很擔心你最近過得好不好？工作找得怎麼樣了？」

「老爸呀？喔，這陣子值得丟履歷的公司我全都Email過了，現在就在等面試通知而已……」

「你呀，哪還分什麼值得或不值得的公司？大環境這麼不景氣，許多留洋的碩士或博士也很難找到一份像樣的工作，你這個本土碩士就不要這麼挑三揀四了，總不能就這樣成天窩在家裡啃老本吧？」

「有啦……有啦，我連市政府短期僱工的活兒都考慮去申請了，你和老媽就不需要擔心了！大不了我還可以到夜市租個小攤位，批些手機週邊商品來賣！」

他聽到「本土碩士」和「挑三揀四」這兩個詞，打心眼就覺得不舒服，只好自我解嘲將話題給帶過，也直覺老爸壓根子不是幫老媽打這通電話，肯定還有什麼其他的目的？

「不然這樣好了，我給你一個電話號碼和名字，你打過去就跟對方說你是吳天賜總幹事的兒子，想麻煩他幫你在客服部門安插一個基層職位。他是我們鄉長的親家的大女婿，在台北有股份的公司啦！聽說他們孔家班的事業越作越大，時常都需要招聘新員工，你也『伊媚兒』一份履歷過去，看看有沒有什麼機會吧！」

彥基很不情願地抄下老爸重複了好幾遍的電話號碼、姓名和公司名稱，內心卻悄悄嘀咕著：「什麼，鄉長的親家的大女婿？孔家班？」掛掉電話後，他盯著那張便條紙看了半天。

「開屏科技股份有限公司，電銷部協理—孔闕煌」

儘管他非常心不甘情不願，可再怎麼說終歸是父命難違，搞不好老爸電話裡不經意的那幾句話，背後卻曾經大費周章到處幫他放風聲找工作。

第二天早上，他還是打了通電話到開屏科技，接電話的當然是孔協理的秘書，她聽完彥基的說明後，給了他一個電子郵件地址，請他將履歷和自傳寄到那個信箱，並承諾會幫他列印出來呈給孔協理過目。

彥基這次也學乖了，既然只是一份客服部門的基層職位，他拿掉了履歷上的碩士頭銜，刪掉了所有主管階級的工作經歷，也將自傳上的豐功偉業一行一行抹去。

彷彿他的自尊與自信，也在無形中被一層層剝了皮。

才不過幾天的工夫，他就接到開屏科技人事部的電話，通知他一個星期之後去報到、接受員工教育訓練，連面試或複試的程序也全都省了！或許仗著鄉長的親家的大女婿的關係，也還算是有給他一丁點方便之門的縫隙。不過，那也是孔雀王唯一給過他的恩賜。

進入開屏之後，他才知道那並不是一間專營３Ｃ產品、電腦週邊或ＩＴ技術的科技公司，而他也不是在所謂的客服部門上班。畢竟沒有一間從事電話行銷的機構，會大剌剌地取名為「某某電話行銷公司」，通常都是以科技公司或電訊公司美其名。

當然也沒有一位天天打電話轟炸陌生人的推銷員，會願意在自我介紹時稱自己是「電話行銷人員」，而是以客服、話務或別人聽不懂的Telemarketer洋頭銜取而代之。

經過一個星期的員工教育訓練，上完那些枯燥的客戶溝通技巧、電話行銷軟體操作、聯合廠商的產品說明之後，他馬上被分發到電銷三組，和其他三十多位電話行銷人員共事，負責推廣銀行信用卡的加值業務。雖然待遇與職務完全無法和過往的高薪高職相提並論，可是總比一直賦閒在家，作個失婚又失業的「雙失男」來得強。

儘管彥基曾經作過企劃、市場分析或管理方面的職務，可是從來就不認為自己是個溝通高手，更遑論要透過電話向未曾謀面的陌生人推銷產品。他在開屏上班的四多個月，訂單成交量簡直少得可憐，原本還抱著騎驢找馬的過渡期心態，一心想撐到大環境好轉再東山再起。

可是這會兒卻連他自己也覺得快混不下去了，除了礙於自己的銷售能力，他也開始體會到「虎落平陽被犬欺」的醜陋職場生態。

「吳彥基呀！吳彥基呀！會不會是因為你名字的問題，才將你們那組給帶賽、帶衰了呀？妳們聽聽看電銷三組吳彥基──『電銷三組無業積』！這未免也太觸霉頭了吧？你應該為三組著想一下，考慮去改個名字才對……」

在員工休息室裡，電銷一組的幾位歐巴桑與熟女，七嘴八舌圍在彥基和丁致庫的餐桌旁，聊到興奮時還會張開血盆大口仰天狂笑，肥滋滋的手掌也會像脫臼似的，一把就拍在他的肩膀上。

他只能禮貌性地微笑著，繼續吃著那盒難以下嚥的照燒牛肉便當，心頭卻緩緩滲出一道道斑駁的血痕，在他的體內迅速殷開來。

想當年。

他從來不需要和辦公室或廠房裡的那些中年婦女有任何交集，大家在公司走廊上見到他，也絕對會畢恭畢敬地喊他一聲「吳總監」。曾幾何時，他竟然像被打回六道眾的最下層，必須和這些煽風點火的牛鬼蛇神打交道。

廖北娜不知是何時飄到了那群八婆的身後，拎著一瓶油切茶幽幽地說：「喂，妳們這幾位無知的大嬸，可不要口無遮欄得罪了人家孔協理的遠親呀！不然到時候是怎麼死的都不知道！」她雙臂環抱在胸前，用一種自以為冰雪聰明的眼神望向彥基。

丁致庫的嘴裡還嚼著一口涼麵，就張著沾滿芝麻醬的嘴問：「誰是孔協理的遠房親戚？彥基嗎？」

「我？不是呀！」

彥基丈二金剛摸不著頭緒看著廖北娜，也從她眼神中看到一種不齒與妒忌的火花。

「你不要裝了！秘書室那邊都傳開了，你是孔雀王安排進來的眼線，就是為了監視咱們電銷部上班的情況，適時將那些偷雞摸狗的同事回報給他！」

「什麼？難不成我上回偷玩線上遊戲的事，也是你撂上去的？你這個吃裡扒外的雙面諜！虧我還把你當成哥兒們看！」丁致庫將涼麵的空盒子重重往垃圾桶裡一丟，扭過頭來狠狠地瞅著他。

「你嘛幫幫忙！公司要在我們當中安插眼線，也找個能力相當的來監視嘛！」三姑六婆們又是一陣此起彼落，幾個人一搭一唱地奚落著，根本沒有人想聽他的說詞。

「什麼眼線？安插一支睫毛膏都比他強多了吧！」

「我不是孔協理的親戚！他是我父親服務的鄉公所的鄉長……的親家……的大女婿……」他突然也覺得沒有人會相信這拉拉雜雜一長串的樹狀關係圖，只是為了謀得那麼一份可有可無的小職位。

「狗腿！褥瘡！算是我瞎了狗眼，才認識你這貨！」丁致庫激動得破口罵了出來，口水彷彿快噴在他的臉上，然後頭也不回地就跟著那班女人離開了員工休息室。

從那天開始他被完全孤立了，謠言如流感般在電銷部傳開來，每位同事防他就像在防蠕蟲、防駭客，在他四周築起了一道無形的高牆。除了同組的主任之外，沒有人會主動和他多說一句話，大家都深怕在他面前暴露過多，會成為下一個被打小報告的倒楣鬼。

而原本被許多人嫌惡的廖北娜，此時卻成了眾人口中仗義執言的正義使者，揭穿撂耙仔真面目的辦公室英雌。

彥基早已醞釀要遞辭呈的念頭，假如要在這種步步為營的環境裡求生存，他寧可回到自己的世界，去作個不需要看人臉色、不用勾心鬥角的小攤販老闆。可是，他怎麼能讓自己走得如此不明不白？連最後一絲反擊的力道也使不出來？

*

日子還是要繼續過下去，但是他只覺得越走越無力感，尤其是回到那間只有他一個人的小公寓時，才更感受到自己活了快四十個年頭，還是孑然一身的窘境。名聲、金錢與職場地位竟然是如此的脆弱，一場突如其來的金融海嘯，就可以將它們完全淹沒；曾經意氣風發、少年得志的他，也那麼輕易就可被其他人所取代。

許多問題他早已不想再去深究了，就算張開雙臂對著老天爺乞求與嘶喊，也不可能會改變現狀，可是那些負面的磁場卻像窮追不捨的惡犬，不斷回過頭攻擊著他，讓他完全無法招架。

那天晚上，在醫院上班的妹妹夢竺來電，他們倆聊了些家務事之後，夢竺的口氣就開始支吾了半天，在彥基追問下她才小心翼翼打開了話匣子。

「唉喲，我本來還不想告訴你，不過想一想你和『她』都已經離婚了，也許讓你知道後……會對那位前嫂子更死心吧？」

他的心頭震了一下，語氣卻極為冷淡地回答：「笑話，我的心不但死了，還早已化成灰了。」

「這就好，那我就告訴你囉！我前幾天在我們醫院見到李佳倩，她應該沒留意到我就站在她身後幾米之外。我看她進電梯好像上了三樓，還和一位長得蠻體面的中年男子走在一起。你知道我們三樓是什麼樓層嗎？婦產科耶！」

「那又怎麼樣？她現在是單身，要和誰在一起、要懷誰的小孩，或得了什麼婦女病，都和我八竿子打不上關係！」

「這我當然也知道，可是直覺告訴我肯定有什麼不對勁，基於本人強烈的好奇心，事後還是跑到婦產科向一位學妹探了探口風。她說，李佳倩是去作產檢，而且已經懷孕七個多月了！怪不得我看她胖得像充了氣似的！」

彥基屏住氣什麼話也沒說，他知道夢竺腦袋裡所想的應該和他一樣。

「哥，她和你離婚才不到半年，竟然就已經懷了七個多月的身孕？你有沒有想過那或許是你的孩子？」夢竺停頓了好幾秒，彷彿在等待他的答案。

「我和她離婚前好幾個月就已經沒上床了，我不覺得那會是我們吳家的骨肉。」

「所—以—吧！我早就猜到了，依這個時間點一算，她在還沒發現你被遣散之前、還沒提出離婚之際，就已經在外面和其他男人亂搞了！這種女人還有臉拿走妳一半的房產和積蓄？你一定要找個律師把那筆錢討回來吧？她那顆肚子就是偷情的最佳鐵證……」

「好了！妳說夠了沒？都說過我一點也不在乎她的任何事情，也不想再和她有任何牽連或糾葛，妳不要再拿她的事情來煩我了。就這樣！我要上床睡覺了！改天再聊！」

他不耐煩地掛掉電話，闔上眼皮垂軟地癱在沙發上，努力地想將剛才那番話拋諸於腦後。

可是，一股莫名的怒氣卻猛然從他的胸口爆發了出來，憤恨、羞辱與心痛像岩漿似地，一路奔流進他的每一根血管、每一顆細胞，像潰堤般奮力竄上他的腦門。他發了狂似地扯斷了電話線，抓起電話就往地上狠狠一摔，又捧起茶几上的檯燈使勁往牆壁上砸，接著抽出那根許久沒用的高爾夫球桿，朝著電視機、音響和電腦胡亂地揮打著。

任何出現在他眼前的物品，全都無一倖免。

他怎麼可能不去在乎那個女人對他的所作所為？在他人生最脆弱、最無助的關卡，她撒手離去。甚至背著他和別的男人暗度陳倉，最後還借題發揮把他一腳踢開，將他的一切蠶食殆盡。而他，竟然到今天才知道，自己只是個被蒙在鼓裡的冤—大—頭。

他精疲力盡倒在地上，雙手抱膝蜷伏在滿目瘡痍的客廳一角。

窗外招牌上的霓虹燈一閃一閃映在昏暗的小公寓裡，遠處鬧區的喧嘩聲、夜街上川流不息的車流聲，和地鐵站低沉的列車進站聲，此刻都格外清晰地傳進他的耳裡。眼淚流了又乾、乾了又流，彷彿在他的臉上結成了一層一層的繭，將他那張破碎的臉孔、脆弱的靈魂一次又一次地包覆起來。

他躺在早已被自己搗碎的客廳中，疲倦得漸漸陷入昏睡狀態，卻恍然聽見那個脆弱的靈魂正輕聲在他耳邊呢喃著。

「算了吧……不要再去想了……再怎麼去折磨自己……這個世界也不會為你而倒轉……」

聲音越來越小、越飄越遠，然後消失在他眼皮底下的黑暗中。

IV 再見吧，俍鬼！

又是一個藍色星期一，也許應該稱它為血紅色的星期一，因為這也是開屏科技每個月第一次的晨間檢討會，電銷部的主管與成員將會總結上個月各組的業績，褒獎績效良好的行銷高手、批判訂單量落後的害群之馬。

通常整個早上公司會出奇地熱鬧，因為平日難得一見的上級主管都會進辦公室，每位員工當然也會將自己偽裝得非常忙碌，避免淪為會議中無辜的鬥爭箭靶。

彥基才剛推開玻璃門，準備往電銷三組的辦公室走去時，就被門口的櫃台接待員童小愛給喊住，她鬼鬼祟祟東張西望了一會兒，又比了一個「過來」的手勢，才輕聲地問：「彥基，你是不是得罪什麼人了？今天電銷部的八婆們都在LINE群組上聊你耶！我剛才一看也嚇了一大跳！」

他一副狀況外的表情，往她的手機螢幕上望了一眼，小愛順勢點開群組視窗上的一張照片縮圖。

那是一張很眼熟的雜誌剪報，左上角的照片是一位穿得西裝筆挺的男子，正站在滿是麥克風的講台前，他的雙眼散發著一種自信與驕傲的神采，表情還很自然的對著鏡頭微笑。下方的說明文則寫道：「京圓企業管理部總監吳彥基先生表示，該集團將於本年度擴大徵才，預計將招聘五百多名ＩＴ領域的技術人才，以因應……」

沒錯，照片裡那個神采飛揚的男子就是他，正確來說應該是七年前的那位吳總監。在那家專門製造「單晶硅圓片」的企業，重用本土新血的政策下，他曾經從協理職位連三跳，躍昇為管理部的總監，也脫穎成為全公司最年輕的Ａ級主管。當年彥基那股初生之犢的衝勁與實行力，著實讓他頗受長官們的賞識，也曾在許多商業週刊或管理雜誌上風光過一時。

可是，最終仍逃不過第一波就被掃地出門的遣散噩運。

彥基隱約還記得那份新聞稿的內容，繼續往下看了之後，才發現在剪報圖檔下有幾行觸目驚心的紅字，斗大地打著：「昨日種種譬如昨日死，今日種種譬如今日生……只好來當話務生！！」底下還跟著密密麻麻的群組對話。

「沒想到管理部總監也有淪為電話賣笑員的一天？大快人心呀！」

「矮油？王子變青蛙，他的業績要是再差就變癩蛤蟆了！LOL」

「我看他是狗腿部總『監』吧？天天都在監視我們！」

「這就是所謂的十年河東，十年喝西北風啦　:P」

他突然覺得彷彿被一陣紛飛的亂石擊中，落在一口深不見底的枯井裡。

雖然群組中的人全是使用暱稱，完全看不出誰是誰，不過從用字遣詞看來，他完全能猜出是哪些人的語氣。但是，她們為什麼要用這種惡劣的言詞，來羞辱他這麼個窮極潦倒的失敗者？難道人生走到這一步是他自找的嗎？就應該活該倒楣任由外人冷嘲熱諷？

小愛面帶同情默默望著他，他卻什麼話也沒有說，轉過身就走進辦公室裡。

在電銷部的走廊上，幾位擦身而過的同事都露出一種似笑非笑的詭異表情，有些人還在他身後竊竊私語。他的腦海一片空白，如行屍走肉般晃到了座位前，重重將自己摔進了椅子裡，然後公式化地打開電腦，啟動了自動撥號程式和廠商的產品型錄檔，表情呆滯地盯著程式快速亂序地撥著那些陌生的電話號碼。

當第一通電話被接通後，他才打起精神機械化地唸著那些日復一日、千篇一律的行銷辭令。

「您好，這裡是西城銀行，請問是劉金旺先生嗎？」

「嗯？」

「劉金旺先生，您是我們優質的信用卡用戶，所以……」

「拜託！可不可以不要一直叫我劉－金－旺？」

「那麼，該如何稱呼您比較方便？」

「夢爵士啦！」

「喔？好的，孟…覺世先生，我這裡有一份超值的旅遊保險計畫，想特別推薦給您。您只要每天省下一杯咖啡的錢，就可以在出國旅遊時……」

「我不出門、不旅遊、不喝咖啡，沒有錢也沒有興趣！」

「不是的，我只是打個比方而已，您不妨聽聽看……」

「去去去！你有完沒完呀？我都說過我沒有興趣了，你怎麼還像隻沾了大便的蒼蠅，嗡嗡叫個不停！」

「實在不好意思，我只是本著有好東西想與您分享的服務精神……」

「你孫越叔叔呀？這麼老派！像你這種窮途末路的人渣，去找份正經的工作吧！別天天打電話來擾人清夢了！你試試看再打來，我就報警……告你！告到你傾家蕩產！」

「孟先生，您可以拒絕我的行銷服務，可是怎麼能這樣污辱人呢？我要是有冒犯之處您可以……」

「人渣！敗類！嘟——」電話斷線。

彥基再也受不了這大清早的一切！從電銷部在LINE群組上的冷嘲熱諷，到這通尖酸刻薄的辱罵電話，沒有一個人在乎他的自尊！在乎他的感受！這種職場、這個世界到底出了什麼問題？為什麼大家都回歸成弱肉強食、仗勢欺人的草原生物？

他決定要一一反擊！絕對不能再讓那些小人繼續張牙舞爪下去！也不容許自己再去受這種窩囊氣！

他打開了瀏覽器，Google到「比薩大叔」的官方網站，毫不考慮就進入訂餐的頁面，在訂餐者的欄框內輸入了「劉金旺」三個字，還將名錄上劉金旺的電話、手機、通訊地址與電郵信箱全都打了上去。下方則勾選了夏威夷、美式香腸和義大利什錦三種口味的比薩，分別都訂了特大號尺寸各十個，然後點了「外送」及「貨到付款」的選項。

在按下「送出訂單」的按鈕前，他想了一想，又在附言框內輸入「家中舉辦私人轟趴，請務必於晚間七點半賓客來訪前，將所有餐點準時送抵，謝謝！」這才滿意的將訂單傳了出去。

他覺得這些菜色和數量好像還不太夠，又撥了一通電話到某家知名的火鍋連鎖店，還刻意壓低了嗓門口操台灣國語。

「鍋皇民生店，您好！」

「小姐，偶要訂幾個火鍋外送啦！」

「好的，請問您的姓名、地址及聯絡電話？」

「偶，劉啊～金旺啦，地煮素民生東路八段三百噢十八號五樓豬一，手機號碼素0930……」

「劉先生，您需要外送什麼口味的火鍋？」

「偶家要辦阿嬤的大壽啦！妳給偶準備兩個原味臭臭鍋、兩個大腸臭臭鍋、兩個鴨血臭臭鍋，都素家庭號的大鍋喔！還有你們那個招牌的燒烤臭豆腐，也給偶送十份來，越臭越好喔！今天晚上七點半以前一定要送到溜，厚到付款啦！」

「瞭解，我再重複一次您的訂餐，兩個家庭號的原味臭臭鍋、兩個家庭號的大腸臭臭鍋……」

掛掉電話之後，他的心情突然有種豁然開朗的舒暢感，整個人也充滿了無窮的鬥志！反正網管部開發的這套電腦撥號程式，所打出去的電話都可自動隱藏來電顯示，他完全不需擔心會被查出發話地點。

就算真被神通廣大的人追蹤到了，也不可能從一百多位電話行銷人員裡，揪出惡作劇的原兇。再說他也不是電銷部裡第一個搞這種名堂的員工，同組的丁致庫或其他幾位男同事，也都曾如此報復過態度惡劣的受話者。

*

一個多小時後。

電銷部的同事們都陸續進入會議室，今天的檢討會從早上十點鐘一直開到下午一點多，不過主管們卻絲毫沒有放人的跡象。大家在飢腸轆轆的煩躁情緒下，更是卯足火力互揭瘡疤。幾位自以為是人中之龍的資深員工，指名道姓批評新進人員的電話應對與銷售態度，聲稱這將會影響他們長久以來為公司建立的良好聲譽。

彥基心裡冷笑，這種行業哪有所謂的良好聲譽？沒有被指責是電話擾民就已經很慶幸了！

這場無聊的檢討會連個人隱私都可能被搬上檯面批鬥，這些道貌岸然的八卦檢舉者，其實才是這家公司道德淪喪的禍源，要是少了這種唯恐天下不亂的小人，開屏那塊招牌可能也不會這麼快就髒了。

儘管會議室裡砲火隆隆、硝煙瀰漫，孔雀王和幾位孔家班的上級主管卻更為龍心大悅。他們認為電話行銷人員之間，就是要有競爭、有比較、有批判，才是達到互相刺激工作表現的動力，也更能提高每位員工的訂單成交量。

這些頭兒們卻沒有想到，就是因為這種鬥爭的氛圍，早已將辦公室搞得四分五裂、分崩離析了。每個小團體之間互相看不順眼，更在私底下廣發黑函、勾心鬥角，踩著他人臉頰往上爬的職場亂象比比皆是。

在會議結束之前，依舊是孔雀王激勵士氣的一番話語，他那身鮮綠色的西裝襯著身後開屏科技的七彩扇形Logo，讓他看起來更像一隻炫麗驕傲的禽類。他清了清嗓子後，帶著點語重心長的口吻說：「經過大家這些掏心掏肺的直言建議，我絕對相信同仁們都將公司的榮譽與個人的業績擺在第一位！至於那些被揪出來影響團隊精神的落後人員，我會後就安排時間一個一個面談……」

「最後，還有任何人有其他的臨時動議嗎？」

他放下了手中的業務報表，理了理西裝衣領，隔著老花眼鏡環視了會議室裡的每一位員工。大家因為飢餓難耐，都想早早結束這一場鬥爭大會，而開始保持靜默。

此時卻有一只不識相的胳膊高高舉了起來。

孔雀王朝著那個人仰了仰下巴：「三組的吳彥基，你說！」

當彥基起身時，也感受到身邊幾位同事不耐煩的眼神，還有人輕輕嘖了一聲。

不過，他卻出奇的神態自若，慢條斯理說道：「我想有些事情我需要澄清一下，就算這些事情講出來之後，我可能就會莫名其妙的消失，或者受到更多人的排擠與惡意毀謗，但是至少可以讓一些不知情的人看清楚真相。」

他的目光停留在孔雀王和其他幾位主管身上，又看了一眼電銷一組那幾位所謂的行銷高手，這會兒他一點也不覺得畏懼。

「在這之前我先說個故事吧！」台上和台下的與會者頓時都傻了眼，全摸不著頭緒的往他一望，他卻毫不在意繼續講下去。

「有些同事應該知道，古時候有一種叫『倀鬼』的冤魂吧？他們其實都是被老虎吃掉的無辜百姓，可是死後魂魄卻又死心踏地為老虎引路，尋找更多迷失在山中的人給『虎大王』享用，讓無辜的受害者成為替死鬼，自己便可藉此投胎轉世。有一位叫馬拯的讀書人也差一點被這群倀鬼所害，險些落入老虎的口中，幸好一位專設陷阱捕殺野獸的獵人救了他，還成功將那隻危害村民安危的老虎給除掉了。」

「可是，當那群倀鬼得知虎大王被獵殺後，全都撲在牠身上嚎啕大哭，誓言要為牠報仇。馬拯在樹上聽了非常氣憤，便厲聲罵道：『你們這些無知的倀鬼！難道還不知情自己是怎麼變成鬼的嗎？怎麼還執迷不悟要陷害他人、為虎作倀！』……」

孔雀王可能早聽出這故事意有所指，臉上開始一陣紅一陣綠。而馬拯最後所喊的那幾句話，聽在那幾位專門欺負新進的資深員工耳裡，也覺得格外刺耳。

「恕我直言，每天一大早走進這個辦公室，我覺得是多麼不快樂的一件事，並不是因為我的能力不如人有所壓力或愧疚，而是在這個環境裡有太多倀鬼了！大家為了凸顯個人在職場上的重要性，無不是在尋找心中的替死鬼，以私下或公開場合踐踏他人的自尊為樂，好像只要踩在其他弱勢者的頭上，自己就可以得道昇天。」

「就是因為公司這種鼓勵員工互相批判、揭人瘡疤、挖人牆角，來刺激工作效率的作法，無形中撕裂了同事之間的感情，造就大家為了保住飯碗而人人自危、互相攻訐的風氣。」

孔雀王深呼吸了一口，雙眼佈滿著血絲，脖子又不自覺像隻禽類前後伸縮著。

他漲紅著有點鬆垮的臉，大聲吼了出來：「你講得這是什麼歪理？我怎麼從來也沒聽過這些事情！你倒是給我清清楚楚舉出個例子，不然我今天就衝著你造謠生事讓你滾蛋走路！」

彥基絲毫沒有任何卻步，直視著孔雀王冷靜地說：「我非常感謝孔協理這幾個月來對我的照顧，也深感抱歉，我的業務能力讓您失望了。其實我在開會之前就已經請三組的主任簽過辭呈，也依照程序送到了人事部。孔協理要是真想知道我離職的原因，可以和秘書室或一組的廖北娜小姐談一談，因為她們在您我之間的『關係』上，作了許多揣測、流言與中傷，還對您錄用我的原因另有一套天馬行空的說辭，我不方便在此多作說明，您可以自己去問問……」

「我和吳彥基發生過什麼特殊關係？」孔雀王瞪著圓圓的牛眼，朝廖北娜狠狠地看著。

本來腰桿還坐得直挺的廖北娜，忽然震了一下，隔著橢圓形的會議桌，張著嘴愣了似地望向彥基，眼中充滿了震驚與惶恐。因為她完全沒料到彥基會來這一招！她的前額滲出了豆大的汗珠，一抹灰黑掠過她高聳的顴骨，肩膀也像洩了氣似地越縮越低。

「在此也感謝許多人在這些日子裡對我的『關注』，無論是言語上或在LINE群組中的批評，我都不會放在心上的，你們自求多福吧！因為Karma Will Get You！」

他根本不管會議還在進行中，就轉身大步走出了會議室。儘管孔雀王在他身後大聲地叫住他，他還是頭也不回繼續朝外走，還順手從自己的座位上拎起了公事包，昂首闊步走出那間空氣污濁的電銷部辦公室。

在穿過櫃台前，他對小愛露出了一個非常燦爛的微笑，就像……雜誌剪報上那種神采奕奕的笑容，臉龐和頭頂上彷彿又散發出那道自信的光環，然後毫不猶豫地推開了玻璃門離去。

那個曾經脆弱的靈魂，也在他心中大聲地喊著：「再見吧，虎大王！再見吧，一群可憐的倀鬼！」

V 惡夜的外送

晚上七點五分，對許多人來說也許正在下班回家的路上，或者已經和家人在共渡晚餐了。可是對劉金旺……不，應該是對「夢爵士」來說，卻是美夢正酣的寶貴睡眠時間，因為他是個為了工作必須日夜顛倒的夜貓族。並不是因為他在超商上晚班，或在夜店裡當吧台，才需要如此晝伏夜出，而是他只能在夜深人靜時定下心工作，而且還不能被任何一點聲音干擾到。

基本上，他所從事的行業完全不需要他「夜出」，更別說是「晝出」的機率也微乎其微。

夢爵士其實是目前最炙手可熱的暢銷小說作家之一，和許多新生代寫手一樣，都是發跡於BBS或文學網站的文字奇才。十年來已經出版過五十多本愛情小說，作品也都是「誠石網路書局」暢銷書排行榜上的常客。他號稱每天可以書寫近萬字，每個月可推出一部十多萬字的作品，每本小說在中港台的銷售量也都直逼百萬冊，算得上是一位超會搶錢的高產量作家。

他從十六歲開始就以夢爵士這個筆名，在文學網站上發表了第一部網路小說──《紅毛丹之夏》，描寫一位來自泰國的年輕女僕，與台灣豪門富二代苦戀的故事。這部感人肺腑的網路小說曾經引起許多女性的共鳴，有些網友甚至稱它是台灣版的「西貢小姐」，或泰國版的「櫻花戀」。

在幾個知名文學網上，每一個章節的點閱率都高達十多萬次，透過讀者們不斷地轉寄流傳，終於有出版社相中了他的才華，為他出版了第一本實體小說，還趁勝追擊在泰國推出了泰文版。《紅毛丹之夏》後來也被中泰合資的影業集團改編成電影，在中港台及東南亞掀起了一股紅毛丹的浪漫熱潮。

那一年夢爵士才十七歲，還是個剛剛升上高二的孩子。

許多網友與記者都質疑，當時才是高中生的「小處男作家」，背後肯定有一組年長的智囊團為他抓刀代筆，再由出版社幕後操盤掛上他的筆名，營造出一位天才少年作家問世的假象。因為小說中那些深刻的感情糾葛、家族鬩牆與異國風光的情節，根本就不可能出自一位沒有談過戀愛、出身工職家庭，又從未出過國門的小毛頭筆下。

夢爵士曾經在論壇上反駁，要是向達倫（Darren Shan）可以在十五歲時寫出黑色喜劇《停屍間的一天》；盧貝松（Luc Besson）可以在十六歲時寫出科幻電影《第五元素》的小說原型；賈梅爾・吉丹尼（Gamal El-Ghitani）可以在十七歲時寫出第一本短篇小說集；西西莉雅・艾亨（Cecelia Ahern）可以在二十歲時寫出美麗動人的《P. S. I Love You》……為什麼他就不可能寫出

《紅毛丹之夏》？

況且在網路世界裡，他就算足不出戶，也能瀏覽到來自全世界的新聞事件，蒐集到全球各地的旅遊資訊。以他對文字高敏銳的組合能力，要將那些不曾接觸或沒有經歷過的人、事、物及場景，串連成一部纏綿悱惻的言情作品，並不是一件難事。

不過在他年過二十之後，媒體就不再投以那種懷疑的眼光。畢竟以常理推斷，當年那位連發育都還不完全的小處男，現在可能早已過了情竇初開的稚嫩期，也肯定有過許多次戀愛經驗，小說裡的情愛才會寫得越來越露骨、煽情。

可是在現實生活中，二十六歲的夢爵士卻仍然是個不折不扣的小處男，上自嘴、耳、鼻、喉，下至胸、臍……小弟弟，除了年幼時「夢大媽」幫他包尿片時不得已碰過，從來就沒有被其他女子觸摸過。因為他連半次戀愛也沒談過，更別說是有實際的接吻或性經驗了。

並不是因為他過度投注於寫作，才沒時間去把妹或釣馬，而是長期與電腦螢幕、鍵盤及滑鼠為伍，他已經完全喪失與人類溝通的能力、與普羅大眾互動的社交機能。會出現在他日常生活裡的年輕女子，通常就是那些「宅男女神」或「AV女優」，無論是在電腦螢幕、平板電視、寫真集或雜誌上，她們都出現在一個方型的「框框」裡，他已經很久沒有近距離欣賞過一位上下左右沒有四方框的真實女子了。

就算每次有簽書會時，夢爵士也會要求出版社安排他坐在高高的台子上，和書迷們保持「三落書」的安全距離，他也非常排拒去回應讀者們熱情的發問、握手、擁抱或合照。

更奇特的是，在這些公開露面的場合，他一定會穿上那些最引以為傲的奇裝異服，舉如：王子般的巨型羊腿袖襯衫、騎士般的漏斗合腰外套、高聳到會碰上雙頰的墊肩、Kiss風格的厚底鉚釘馬靴……。最後肯定還會戴上一只霧面磨砂的半透明面具，就像神祕的怪盜二十面相，書迷們只能從矇矓的矽膠面具下，隱約端倪到模糊的五官。

因為，這位長期離群而居的宅男作家，早已無法精確控制內心所反射在臉上的表情，時常會在回答讀者或記者的愚蠢問題時，不自覺就露出厭惡、焦躁、不耐煩，或者「你是人頭豬腦袋」的臉色。因此他必須靠著那一副令人看不透的面具，將自己最不擅長處理的顏面神經給遮掩起來。

出版社對他怪異的裝扮與行徑並沒有異議，反而將這種視覺宅男的特質當作是宣傳方向，什麼「與夢爵士來一場華麗的冒險」、「E世代假面作家的浪漫次元」或「神祕面具底下的文字慾」……之類的宣傳詞，常會出現在他的宣傳海報或書腰上。

卻沒有多少人知道，那些令女性讀者為之動容的淒美情節，有時其實是在他一邊摳腳皮、一邊打字所完成的；或是在滿布頭皮屑和鼻屎的鍵盤上所敲出來的；甚至是在AV女優們哼哈的軟音中所構想出來的。在脫下面具之後，他只不過是一個俗不可耐的凡人—劉金旺，尖酸、刻薄、易怒，還外加會打呼、磨牙。

＊

時間是晚上七點二十分，對講機上的蜂鳴器突然鈴聲大作，響了大約二十多次後，夢爵士才吃力的從床上滾了下來，拖著踉蹌的腳步走到客廳接起了聽筒。對講機的黑白小螢幕裡，有三位戴著棒球帽的年輕男子正站在大樓門口。

「劉金旺先生嗎？您的『比薩大叔』訂餐來了！」

夢爵士揉了揉沾滿眼屎的雙眼，試著回想是否有在睡前訂過外賣，可缺氧的腦中卻仍是一片模糊。其實他每天平均會有四、五次，向中餐廳、快餐店、比薩屋或咖啡廳訂餐的習慣，這會兒他也忘了是否曾經預購過什麼網路熱銷食品？其實他全身上下的衣褲鞋襪，客廳內的家電或家飾品，書房裡的電腦週邊和3C用品，沒有一樣不是在購物網站上下單的。

「門開了，上來吧！」他索性按下了開門鈕，抓了抓頭蹣跚地走到大門邊。

沒多久就聞到一股濃郁的起司味，夾雜著鳳梨、香腸、番茄、青椒……和一些不知名香料的味道，混合成一股令人窒息的濃郁氣味直衝腦門。

三位穿著一式制服的外送小夥子，出了電梯後分別捧著三疊超高的比薩盒子走向他的門口，領頭的那位還搖搖晃晃念著手中的送貨單：「請您點收一下，十份特大號的夏威夷比薩、十份特大號的美式香腸比薩，和十份特大號的義大利什錦比薩，還有這是十五瓶免費贈送的可樂，一共是兩萬一千……」

「什麼跟什麼？你們比薩店是發窮了呀！我哪有訂過這麼多比薩？」這下子他的腦袋可完全

清醒了，看著那三大落比薩堵在他的門口，還像霸王硬上弓似的要他付錢。

「沒錯呀？劉金旺先生……」

「不准你喊我那個名字！」

「嗯？劉先生，您看看這訂單上是您的名字吧？地址是民生東路八段三百二十八號五樓之一，手機號碼0930……，你連Email地址也有留給我們呀？還在網路訂單的附言上說『家中舉辦私人轟趴，請務必於晚間七點半賓客來訪前，將所有餐點準時送抵……』。」

這些拉拉雜雜的說詞讓他聽了更光火：「你們是瞎子，還是人頭豬腦袋？你看看我這裡才多少坪的單身公寓，哪能辦什麼鬼轟趴呀？你們再不走人，我就打電話報警！投訴你們比薩大叔擾民、擅闖、竊取個資、偽造訂單……和……和污染空氣！」然後砰的一聲就將門給關上了。

那幾位小夥子在他的大門猛拍了十多分鐘，嘴裡還不斷喊著他的名字，他卻一概不理。沒多久他們才自討沒趣進了電梯離去，不過那股惹人厭的起司味卻怎麼也散不去。

他才倒回床上沒幾分鐘，大門又響起了要命的敲門聲，而且還更急促地連續敲了十多聲。他心裡開始暗罵，肯定還是那班小夥子鬥不過他，就想來耍陰的！他抓起手機就衝出去開了門，連人都沒有去瞧一眼，就開始破口大罵：「我都說過我沒有訂比薩！你們再來亂我馬上報警！」

「我們不是送比薩的呀？是『鍋皇』民生店的啦！你要外送的火鍋來了。」門外竟然是另外兩位台客長相的粗壯男子，身後還用手拉車載著六、七個超大的保麗龍盒子，空氣中又瀰漫著另一股說不出來的惡臭味。

「我管你什麼鍋黃還是鍋巴？你們是怎麼進樓下的大門？」

那位留著落腮鬍的男子愣了一下：「啊就，剛才樓下有三個年輕人讓我們進來的呀？這是你訂的兩大鍋原味臭臭鍋、兩大鍋大腸臭臭鍋，和兩大鍋鴨血臭臭鍋，都是家庭號的喔！還有這些是我們的招牌燒烤臭豆腐十份，都在這裡了！」

「你們今天是來搶錢的嗎？我沒有訂比薩！沒有訂臭臭鍋！沒有訂臭豆腐！你們全都給我滾！」他抓狂似地喊著，更用力將門給甩了上。

可是，那位壯男卻身手俐落一掌就將門給擋了下來，兩位大漢旋即跨了進門內，雙手懷抱在胸前，露出一種非常江湖味的挑釁表情：「想給我們賴帳？你也不先去打聽看看，我們鍋皇連鎖店幕後是誰在撐腰的！竟然敢在咱們山貓幫的頭上動土！」

語畢還大手一揮，用力拍在玄關的小桌子上。

夢爵士眼見兩位魁梧的歐吉桑，突然變成如此凶狠囂張的態度，口氣馬上就孬了下來，甚至還帶著點苦苦哀求：「兩位大哥，我真的沒有跟你們訂過什麼臭臭鍋或臭豆腐，一定是你們櫃台小姐將地址抄錯了……」

「你少廢話！難道你的名字、電話和手機號碼也會錯得那麼巧？明明就是你下的單子，還說是阿嬤大壽要請客用的！快給我付錢！」落腮鬍大漢右手一揮，將送貨單往他臉上丟。夢爵士看著單子上的訂餐者資料，的確清清楚楚打著他的姓名、地址、電話和手機號碼。

「求求你們饒了我吧！真的不是我訂的臭臭鍋呀！一定是有人在惡搞！我阿嬤十幾年前就掛

了，我這狗窩大的地方也不可能辦什麼大壽嘛！」

「廢—話—少—說，你再給我拖拖拉拉，我就將這間屋子全砸了！」

夢爵士露出幽怨的眼神，心不甘情不願從桌上的LV Marco皮夾裡掏出了七、八張千元大鈔，畢恭畢敬地遞給他們。

落腮鬍大漢點完鈔票後，皺了皺眉頭說：「浪費我們兩位大爺的寶貴時間，罰你多付兩成服務費，零錢也不找給你了！」轉身就將那六、七個巨型保麗龍盒往他餐桌上一放，大搖大擺地走了出去。

出了門之後，兩位大漢突然像忘了什麼東西似的，又迅速回過身、深呼吸了一口氣，努力在臉上擠出一種很牽強的謙和表情，對著門內的他深深鞠了一個快九十度的躬，並且用非常謙卑的口吻齊聲喊著。

「感謝您本次的惠顧，鍋皇民生店祝您用餐愉快，期盼下次有機會再—為—您—服—務！」然後就砰的一聲，狠狠幫他把門給帶上了。

他馬上跑到門邊，迅速將大門的絞鏈給扣上，把門上的三道鎖一層層全給門緊，還附耳在門板上聆聽，直到確認電梯的門關上後，才垂軟地坐在玄關地板上。

客廳裡飄散著五味雜陳的怪味，他擠破頭也想不出來，到底會是誰在惡作劇？在這麼個睡眠不足的夜裡，用披薩、臭臭鍋和臭豆腐將他搞得雞飛狗跳。

VI Hi客入侵

夢爵士握著幾張剛列印出來的A4紙，一行一行仔細讀著紙頭上的文字，還不時拿起紅筆在上面塗塗改改，每隔幾分鐘就回到電腦桌前，將剛才的紅字一個個置換到文檔裡，有些章節還補打上新的段落。他手頭上的這部長篇小說《燃燒的落地鏡》已經寫得差不多了，現在正在進行最後的校對與潤稿，不過他花了整個凌晨重複讀了兩遍，還是在猶豫是否該更動結局？

到底女主角邱亦詩該不該帶著高葉楓的骨灰，長途跋涉飛回加拿大的哥倫比亞冰原，在飄著鵝毛雪的白色世界裡，讓他的骨灰隨著風雪飛散而去？還是就將他埋葬在那片千年冰原的一角？這樣的結局合乎情理嗎？就算那是他們倆初相識的地點，讓最心愛的男人從此長眠在冰封的雪國，是否有點跳脫邱亦詩優柔寡斷的行事風格？

這樣的結局，讀者們的落淚指數又會是多少？

窗外原本還是一片昏暗的月色，不知何時早已泛起了魚肚白，太陽的光輪就像一坨金黃色的魚子醬，霎時就從雲層中破肚而出，微弱惺忪的陽光也緩緩撒進了夢爵士的窗台上。

他將那疊紙頭往電腦桌上一丟，坐在辦公椅上用雙腳不停地旋轉著，書房的四面牆開始不斷在他的眼中打轉，牆上那些女優或女神的海報也像旋轉木馬般，在他的視線裡轉著圈。那是他陷入沉思時的習慣動作，彷彿只要將自己的腦袋搞得暈頭轉向，就會突發奇想迸出一些新點子。

電腦上突然傳來兩聲短促的通知音效，他狐疑的將臉湊到螢幕前望了望，即時通上出現了一個小視窗，上面寫著：「由乃臼室涼，請求加為你的好友」，旁邊還有一張Keroro的可愛小頭像。夢爵士看著那個陌生的名字想了半天。

——這到底是誰呀？好像是女的？是日本人嗎？或者只是一個網上暱稱？

他將滑鼠箭頭慢慢移到「拒絕」鍵上，可是又盯著那個名字猶豫不決，心裡還吶喊著「由乃臼室涼」好ＡＶ的性感名字呀！要是按了拒絕鍵，會不會就此錯失認識一位萌妹的機會？索性就按下了「接受」，反正要是有什麼不對勁還可將對方封鎖或刪除掉。

那個養眼的名字就此跳上了他的好友名單，而且還是亮著綠燈的上線狀態。他盯著那個名字幻想了幾秒鐘後，就將Word視窗還原到桌面上，繼續回到他的校稿工作。

可是才不到一分鐘，電腦就響起一陣急促的電話鈴聲，畫面上也蹦出一個對話視窗，上面寫著：「由乃臼室涼，請求接受視訊通話……」。

他哇了一聲，心想天底下怎麼會有這麼大方的美眉？才剛剛將她加為好友，就急著想要面對面視訊，這麼好康？他毫不遲疑就按下「接受」，耐心盯著對話框旁那個黑色框框。

沒幾秒鐘，攝影機畫面上就出現一位大波浪的捲髮女子，正低著頭對著麥克風不停地喊著：「啊嘍…啊嘍…屋郎低ㄟ哿？啊嘍…啊嘍……Over！」

「哈囉，妳好！聽到妳的聲音了！」他雖然看不清楚那張低著頭的臉，卻覺得背景好像有那麼一點似曾相識？那是一個飯廳和客廳的交界角落，女子應該是趴在一張餐桌上跟他視訊。

「啊嘍…啊嘍…啊嘍……哈！金旺，真的是你喔！原來還可以這樣在電腦上找到你啦！你是剛起床還是又沒睡覺了？Over！」那名女子終於抬起頭盯著電腦畫面看，還興奮地一邊揮手一邊說著話。

原來大波浪的捲髮下，是一位五十出頭的中年婦女，白淨的大圓臉上有著一雙尺寸不太合的瞇瞇眼，和一顆財運頗旺的獅子鼻，千層糕的脖子上則掛著一條稍嫌老氣的珍珠項鍊。

夢爵士看到那副尊容後，差一點跌下椅子。

他摀著嘴露出一副想吐的樣子：「阿母呀！怎麼是妳？妳怎麼會用……這麼噁心的暱稱啦！」

「什麼噁心？你弟剛才是用『陳貴婦』幫我申請即時通的帳號呀？Over！」

「才不是呢！他把妳的顯示名稱打成『由乃臼室涼』，啊啊……是『有奶就是娘』啦！」夢爵士將那個暱稱唸出來後，才發現自己也被國中剛畢業的親弟弟給耍了！

夢大媽一聽大怒，馬上回過頭朝著客廳的方向罵道：「夭壽喔！劉—金—益，你完蛋了！待會不幫我改回陳貴婦的本名，我就讓你的劉倒過來寫！」

夢爵士嘆了一口氣，心想老弟那個諧音如此不信達雅的名字，要是能倒過來寫或者不姓劉，人生可能還過得順遂一些，也不至於時常在學校被取笑或霸凌了。

「唉喲，妳幹什麼學人家年輕人玩即時通呀？我這兩個星期都在趕稿，沒有時間和妳視訊啦！」

「才不是我愛玩呢！你夢大作家每天就是對著電腦寫寫寫，阿母就算奪命連環叩你也不接手機，我只好也學著用電腦跟寶貝兒子通話呀！Over！」夢大媽越來越適應這種對她來說很新穎的聊天方式，還漸漸摸到訣竅，講話時都會望著攝影鏡頭。

「妳幹麻一直說Over啦？這又不是火腿族的無線對講機！都說過我很忙了，妳有什麼事快說吧。」

夢大媽突然諂媚的一笑，露出一種超級和藹可親的表情：「你上次不是說，有加入你高中死黨開的那個什麼『莎碧鼠婚友網』，都這麼久了有沒有在上面交到女朋友啊？我兒子這麼……帥，又是暢銷書榜的大作家，一定有很多女網友想認識你吧？Ov……嘿嘿嘿，差一點又忘了。」

「沒有沒有！我又不是用筆名去登錄的，要是讓讀者知道夢爵士還需要上婚友網，那我苦心經營的浪漫之神美名不就全毀了？妳想想看，我這副遺傳自妳的風獅爺長相，還有劉金旺這個『聳斃』的名字，哪會有什麼女網友想在我的徵友資訊下留言嘛！」

「什麼風獅爺，我陳貴婦年輕時可是風華絕代耶！你是倒楣像到你死去的阿爸啦。不過你別失望，阿母這邊又有一個不錯的美眉人選喔！她是我們主婦瑜珈班一位太太的小女兒，大學新聞系剛畢業，也是跟你一樣很喜歡寫文章，說不定以後也會是個美少女作家呢！你看看這張照片……」

她舉起平板電腦上的一張照片，對著攝影鏡頭一直調整適合的距離和角度，才將那張照片剛剛好填滿在畫面裡。

本來還在把玩手機的夢爵士，一聽到「美少女作家」這幾個字，馬上抬起頭瞥了一眼電腦螢幕，卻看到一位長得「奇珍異品」的女子。她頭戴方盤帽、身穿學士服，雙手還握著被紅色緞帶綁起來的捲筒狀文憑。女子留著一頭像澆了肉汁的新竹炒米粉髮型，臉上則掛著一付超大的粗框玳瑁眼鏡，可能是硬撐著要張開小眼，額頭上牽起了好幾道深刻的抬頭紋，讓她看起來活像一隻驚嚇過度的貓頭鷹。

「妳別鬧了吧！什麼美少女作家？妳幹麻隨便抓了個陌生女子，就想往我身上推呀？我又不是……交不到女朋友，只不過是沒有時間罷了！」

「欸，你別看她長得不是很出眾，頭部以下可是前凸後翹、玲瓏有緻呦！34C的傲人胸圍不是你的最愛嗎？她聽說我兒子是鼎鼎大名的夢爵士，都不知道有多高興、多好奇呢！」

「喂喂喂……妳作人家母親的，怎麼說得出這麼噁爛的話呀？那我是不是要幫她的臉套上麻袋，才敢和她上床？求求妳不要再幫我亂點鴛鴦譜了，還隨便跟外人透露我的身分，有誰會相信我是夢爵士啊？難不成哪天和她見面時，我還要戴上面具和斗篷呀？」

「不說了不說了，我要下線去潤稿啦！」

「你這個不孝子，你爸爸死了十多年，我孤零零一個人拉拔你們兩兄弟長大，現在只是想快點有個金孫可以抱，你就……」

夢爵士趁他阿母還沒發作之前，馬上關掉了視訊畫面，還迅速將即時通切換成隱藏狀態，然後對著『由乃臼室涼』按下滑鼠右鍵，選擇了「封鎖／刪除連絡人」。

他討厭透了阿母和她身邊那些歐巴桑，沒事就聚在一堆討論誰家的兒子是剩男，哪家的女兒是敗犬，然後就像在玩「黑白配・男生女生配」，將那位剩男拉攏給這位敗犬認識。常常搞得他有一種像是「種豬」的錯覺，被阿母牽到不同人家的豬舍，去認識各式燕瘦環肥、千奇百怪的未婚女子。

他才虛歲二十七歲而已，就被老家那群歐巴桑，給貼上了剩男標籤！

說到「莎碧鼠婚友網」，倒是讓他想起一件事情，隨手就抓起手機要連絡那位綽號「Hi-Tech」的高中死黨——高柯繼。他按下語音助理鍵命令似地喊著：「Siri，撥電話給阿Hi！」

Siri：「咚咚，我不懂你的意思，請問阿Hi的名字是？」

「高—柯—繼！」他對著手機又大喊了一聲。

Siri：「咚咚，正在撥打高柯繼的手機……」

「喂，阿Hi嗎？我前天麻煩你的事，辦得怎麼樣了呀？」

「哪件事呀？幫你的徵友大頭照用『佛陀笑（Photo Shop）』修瘦那檔事？」阿Hi心不在焉回答著，背景還傳來手指飛快敲在鍵盤上的噠噠聲。

「你今天忘記吃銀杏嗎？是要你人肉搜索冒用我身分訂比薩和臭臭鍋的人啦！」

手機那頭的鍵盤聲突然停止，阿Hi壓低了嗓門小聲地說：「那哪需要動用到人肉搜索啦？我那天掛了電話後，就馬上幫你駭進比薩大叔的SSL伺服器了，也在裡面找到那張比薩訂單的備份數據，上面記錄著那天下單電腦端的IP位址。」

阿Hi表面上是個婚友網站的經營者和程式設計師，其實私底下也是個專門編寫惡意病毒，和入侵各類伺服器的駭客高手，在亞洲響噹噹的駭客名人榜上，他幹過的豐功偉業至少也能排在前十位。無論是白宮的官網被竄改首頁、韓國某跆拳道組織的伺服器被攻擊，或者某家美商銀行的連結被轉址到色情網站……都是他曾經參與或主導過的案子。

近兩年，他雖然轉正搞起了國際婚友網站，可是為了知己知彼的商戰原則，他還是會技癢入侵同業們的伺服器，搞些破壞、放些病毒或者修改對方的資料庫，讓那些一窩蜂搞婚友網的競爭對手知難而退。

「有IP位址又怎麼樣？現在電信業者配給一般網路用戶的線路，不都是非固定的流水號IP嗎？我每次重啟數據機時被賦予的IP位址都不一樣啊！」夢爵士有些不以為然，他還以為阿Hi掌握了什麼更精確的資料。

「呵呵，算你好運！我用程式Ping了一下那個位址，結果那是某家公司的固定IP喔！我就趁上班時間系統全開的狀態下，駭了進去！那家公司的網管漏洞實在很大，我很輕易就從幾台伺服器混進他們辦公室的區域網路裡，再放出我寫的那隻『電眼地鼠』程式，快速掃描了每一台電腦的瀏覽器Cookie與歷程。最後才發現那家公司一百多台電腦裡，有三台曾經上過比薩大叔的官網，可是只有一台的造訪時間，是與那張比薩訂單的下單日期及時間吻合！」

「這麼神奇？你說得如此容易，好像是在偷爬人家公司的中央空調或水管，怪不得全世界的知名企業，都怕了你們這些網路怪咖！」夢爵士越聽越興奮，還禁不住讚美了幾句。

阿Hi也很得意乾笑了幾聲：「反正我翻了翻那台電腦裡的資料夾，就在銷售檔案中找到了使用者的姓名，再和他們人事部電腦裡的員工資料一匹配，你要的結果就出來了。」

「快快快，全給我！我肯定要讓那傢伙不得好死！」

「這家公司叫作『開屏科技』，專搞電話行銷方面的業務，整你的那個人全名是『吳彥基』，在開屏科技的電銷部擔任電話行銷人員。」

「喔，原來就是那個喋喋不休的人渣，他還騙我是西城銀行打來的！」

夢爵士終於恍然大悟，想起那天早上的騷擾電話，只不過是因為他嘴賤多罵了幾句，就給自己惹來了一身腥，還差一點就被山貓幫的怪叔叔們給踢館。

「不過奇怪的是，在幫你訂完比薩的當天，他就突然離職了。總之，我幫你從他們人事部的電腦中，竊取到吳彥基的所有連絡方式，你有沒有紙筆抄一下……」夢爵士抓起筆寫下了所有資料，腦袋裡還盤算著該如何回敬這位惡劣的電話行銷員。

*

掛了電話後，已經是早上十一點多了。

從昨晚九點開始到現在，他已經在電腦前耗了快十五個小時校稿和潤稿，卻還是無法說服自己去接受那篇小說的結局，然後又想到出版社的責任編輯熊大姐，讀了之後可能會搖頭皺眉的樣子，他決定要先倒頭大睡，等起床後再去煩惱。

不過，正當他舒舒服服地躺在床上，漸漸進入夢鄉時，耳邊卻隱約傳來一陣輕柔的音樂聲，還伴隨著極為空靈的女聲在空氣中悠揚著？

他半夢半醒聆聽著那陣旋律，才意識到那好像是一首叫「當回憶已成碎片」的老歌，至於是哪位女歌手唱的？夢中的他怎麼也想不起來，只是嘖嘖稱奇自己的夢境居然也開始有背景主題曲了。

可是幾秒鐘後，那陣悅耳的歌聲卻突然起了非常大的轉折。

在唱到高潮時，竟然變成一種像貓被踩到尾巴的嘶叫聲：「昨～日～只是散落在空氣中的玻～璃～片，時～時～刻～刻～刺痛著我的雙手～我～的～心……」歇斯底里的沙啞破音，不斷重複唱著那幾句副歌。

他頓時從夢中驚醒，差一點就摔了下床，那陣穿腦魔音卻仍舊餘音繞樑。夢爵士恍神坐在床上仔細聽著，才發現那好像是隔壁的住戶正在唱卡拉ＯＫ，而且迴音陣陣的歌聲中，還帶著濃濃的酒言酒語。

那位鄰居所演唱的竟然都是同一位歌手的歌曲，也就是那位他怎麼也想不起名字的過氣女歌星。什麼「當回憶已成碎片」、「琉璃戀」、「愛在夕陽裡」……全是至少超過十幾年的曲目，也就是他中學時期，夢大媽常會哼唱的那些老派情歌。

像他這麼個尖酸、刻薄、易怒，還外加會打呼、磨牙的宅男作家，怎麼可能忍受得了任何人打擾他寶貴的睡眠時間？

這回他真的抓起手機撥了119報警，以他擅長編故事的職業本能，當然也不忘添油加醋誇大了一些實情，什麼裸奔、鬧自殺、拿著菜刀砍家具的駭人情節全都脫口而出。不然那些日理萬機的警察伯伯，哪會特地跑來管這種雞毛蒜皮的小事？

沒多久，夢爵士就在窗邊看見樓下來了一台閃著紅藍頂燈的警車，兩位有點肚腩的管區警員下了車，在門口和警衛嘀咕了幾句之後，就由管理員陪同上了五樓，然後在隔壁鄰居的門前不停地按電鈴和敲門。

他習慣性的又趴在門板上，仔細偷聽著外頭的一舉一動。此時那位女子還是繼續唱著另一首老得要掉灰的情歌，直到整首歌都唱完，伴奏音樂也停了，才聽到她姍姍來遲的開門聲。

「白小姐嗎？有鄰居投訴妳剛才裸奔、鬧自殺、拿菜刀砍家具，還將卡拉ＯＫ的音量開得太大聲，這樣會影響左右鄰居的安寧喔。」

「我哪哪哪有裸奔、鬧鬧鬧自殺？我家也不開伙，哪來的菜菜……刀？」

「白小姐，現在才中午時間，妳怎麼就醉成這個樣子？唉，小心別摔著了！」

「誰誰喝醉了？我登台之前喝喝喝點小酒壯膽，犯法了嗎？我開開開演唱會也惹到你們了？你你們這群狗仔隊，再繼續跟蹤我……我就叫我的經紀人找警察！」

「妳看清楚一點，我們就是警察，妳別再鬧下去了。」

「你你們不要煩我！我的演演演唱會進行到一半，歌迷們還在台台台下等我呢！滾～」

「噢！白小姐！妳怎麼可以踢人……痛死我了……」

「小馬，先把她帶回局裡，等她酒醒之後再說！」

「你們不要拉拉拉我，不要拉我，我要冉大！我要找找找冉大……」

「還說髒話？等妳酒醒之後，就知道今天丟臉丟大了！」

「冉大，冉大大……」

電梯門闔上後，走廊才好不容易恢復平靜，剛才探頭出來看熱鬧的幾位住戶，也陸續將門給關上了。夢爵士鬆了一口氣緩緩走回房間，這下子耳根總算清淨許多，他也終於可以繼續安睡到「天黑」。

說得也奇怪，隔壁不知道是何時搬來這麼個怪女人，要是每天都給她這樣一鬧，他的御宅族生活不就永無寧日了？不過想起那位女子瘋言瘋語說的那些話，他還真是爆笑了出來！歌迷？開演唱會？

有些女人還真是想當明星，想瘋了。

VII 籠中鳥

黃昏的餘暉淡淡地撒在台北街頭，櫛比鱗次的玻璃帷幕大廈上，輝映著一種略帶橘紅的色調，灰濛濛的馬路上也漸漸擠滿了絡繹不絕的人車，那些蜿蜒的車尾燈彷彿是從晚霞裡墜入凡間的花火，正緩緩朝著地平線的那端移動。

白柔涓站在警察局門口，不斷對著門內的值班員警鞠躬，臉上還露出一種非常尷尬的笑容。她只要一想到這個午後，自己喝醉時可能是張牙舞爪的潑婦模樣，又披頭散髮被銬在警察局的長椅上，就非常想找一個地洞馬上鑽進去。那位年輕的警察只是搖搖頭勸戒了幾句後，就目送她走上紅磚道。

她才走了沒幾步，巷口轉角處就停了一台熟悉的黑色商務車，一位司機正拉開車門請她進後座。車內早有一位長得油光滿面的禿髮中年人，正盯著椅背上的小電視看綜藝節目，見到她坐了進來只是瞥了一眼，就將視線移回電視螢幕上。

柔涓嘟起嘴，攙著男子的手臂露出了委屈的表情：「冉大大，對不起啦……」

「妳在搞什麼啊？幹嘛喝得不省人事又大鬧警察局，還要我和小張特地跑來幫妳收拾殘局，要是被那些影藝版的記者拍到，那妳可就玩完了。」冉大福連正眼都沒瞧她一眼，就對著電視嚷了幾句。

「不會有人去拍的啦！現在新一代的記者，有哪幾個還會記得我白柔涓的存在？」她低下頭拍了拍裙子上的毛球，語氣中帶著點淡淡的無奈。

想當年她最風光的時期，身邊無時無刻都有各大報章雜誌的記者跟拍，就算只是素顏和經紀人在餐廳裡吃飯，也要忍受背著砲筒相機的攝影記者在窗外突如其來的偷拍，想趕都趕不走。如今一切都成了過往雲煙，就算她使出渾身解數想去鬧新聞、搏版面，記者或主編們也不見得會對她這位「前幾站的天后」有任何興趣。

十二年前，柔涓曾經是寶格唱片最吸金的天之驕女，台港日三地紅極一時的「聖女天后」，發行過十多張國語、粵語和日語CD，也主演過多部跨國合作的偶像電影。只要有她舉辦歌友會、簽唱會或演唱會的城市，通常都會造成萬人空巷的奇觀。當時她出入有兩台專屬的保母車、兩位輪班的助理、五位梳化與服裝師；錄影或演唱會時則有專屬的樂團、舞群、舞蹈老師及合音班底。

就連在星馬泰的華語市場也擁有龐大的粉絲團，還曾經為她籌組過一個名為「柔柔家族」的國際後援會，粉絲們都稱自己是「柔絲（Rose）」。那些瘋狂的男女歌迷視她為不食人間煙火的聖女，只要有任何男藝人想靠著她攀關係、鬧緋聞，肯定就會收到大批的辱罵留言或信函，甚至還有言行極端的高中女生曾經為她自殘、輕生。

可是長江後浪推前浪，在新人輩出的演藝圈裡，觀眾對女藝人喜新厭舊的生態下，柔涓在短短的三年就被更年輕、更可愛、作風更大膽的女神們取代了。當她被已婚香港富商包養的醜聞及性愛光碟外流後，她的演藝生涯更是跌入谷底。當年的專輯銷售量也從幾十萬張的白金唱片級，一路下滑為不到幾百張的滯銷窘境，其中還有數不清的庫存貨，是由號稱台灣「雞絲麵大王」的新歡冉大福掏腰包買了下來。

一手打造柔涓的寶格唱片，在合約期滿後並沒有與她續約，在她走紅時那些曾經極力想挖角的公司，也見風轉舵將她視為是票房毒藥。頂多有些低成本的鄉土劇或長壽劇，慫恿她轉型去演些冶豔性感的二線配角，或是刁鑽勢利的第三者角色，可是都一一被冉大福給罵了回去。

她的「柔柔家族」官網，也被後援會的頭號粉絲江四妹給默默關站了，就連當初為她設的專屬帳號和郵箱也進不去了。歌迷們從剛得知醜聞時的否認、失望、憤怒與無法接受……

很快就選擇了永遠遺忘她。

當她再見到江四妹的身影時，她已是另一位新生代女歌手的粉絲團團長了。在電視上娛樂新聞閃過幾秒的畫面中，她看到江四妹和其他幾位眼熟的「前粉絲」成員，興奮地簇擁著那位女歌手獻花、獻吻、搶著要拍合照。她的心更是百感交集、恍若隔世。

就算唱片公司和粉絲早已棄她而去，但是她仍然活在過往的掌聲中，幻想著有一天可以風華再現，就算只是當個跑通告的藝人，只要能夠光鮮的重回螢光幕前，她也會不擇手段、在所不惜！

冉大福的林肯領袖一號商務車，緩緩停在民生東路八段的某個巷口，柔涓一個人默默下了車，臨走時還不忘回過頭再問了一次：「冉大，你今天真的不上來陪我嗎？」

「我還要趕到和風美食廣場，去看看新連鎖店的裝潢進度，妳今天醉成這個鬼樣子，就早點休息吧！」

他的目光仍然停留在電視的螢幕上，畫面上正有幾位二十出頭的嫩模，穿著比基尼在遊戲節目的泳池裡嬉鬧。他連頭也沒有轉過來，就敷衍似地回了她幾句。

柔涓猜得出來，已經三十四歲的她，當然比不上如今演藝圈那些年輕的面孔、新鮮的肉體。她甚至相信冉大福肯定在外面搭上了小四或小五，不然以往每個星期都會上她的公寓兩、三次，今年以來卻每個月來不到一次，每次屁股都還沒坐熱就急著要走人。

至少他也算是有情有義，這八年多來每個月都還是會固定匯錢到她的戶頭，現在又幫她換了這間地段還不錯的新公寓。只是柔涓也摸不透，這會不會就是冉大福送給她的分手禮？

她有點暈沉沉地走出了電梯，回到那個沒有男主人的籠子裡。客廳的電視螢幕還停留在選歌單的畫面，她關掉了ＤＶＤ伴唱機和電視機，將地上的威士忌酒瓶和酒杯拿到了廚房，然後就將自己丟進那張雙人皮沙發上發呆。

剛才她和大樓管理員聊了幾句，才知道原來是隔壁的一位劉先生，被她喝醉時驚聲尖叫的Ｋ

歌聲搞得無法補眠，才會惱火打了電話報警。柔涓並沒有因此遷怒鄰居，心中反而浮起一股濃濃的罪惡感，畢竟日後進進出出還是會碰面，要是她才搬進來沒多久，就被認定是個擾亂安寧的惡鄰居，那麼自己在這棟樓也會住得不愉快。

柔涓想了一會兒，就在壁櫃的下層翻了好一陣子，終於從裡面挖出一盒未拆封的人參燕窩禮盒，確定了有效期限並沒有過，就將它裝進一只精美的購物袋裡。她走到玄關的鏡子前梳理了一下儀容，還上了些許BB霜遮起有點憔悴的臉色，就打開大門走到了隔壁。

她在對方的門前按了快兩分鐘的電鈴，屋子裡才好不容易有了些動靜。

那位鄰居隔著門不耐煩地喊著：「我沒有訂過任何餐點，不管妳是哪家餐廳來的都別煩我！」

「嗯？我不是送餐的……是住在隔壁的鄰居啦！」她對這種無厘頭的應門方式有點錯愕，不過還是望著門上的貓眼擠出了一個非常真誠的笑容。

隨後門內才傳來解鉸鍊和鈕開門鎖的聲響，門縫中是夢爵士那張睡眼惺忪的臉，還露出一種疑惑的眼神：「有什麼事嗎？」

「我姓白，是新搬來的鄰居，就住在你左邊的這間公寓裡。實在很抱歉……今天上午我喝了點酒，才會酒後失態造成你的困擾，在此特地向你致歉，也保證以後不會再發生那種事了。這個……小小的見面禮也請你收下。」

柔涓低著頭、哈著腰不斷道歉，還試著將手中的禮盒往門縫裡塞。

夢爵士揉了揉眼睛，心中還訝異這年頭竟然還有這麼禮貌的鄰居？定睛看清楚她的五官後，眼睛竟然越睜越大，本來窄窄的門縫也越敞越開。

「妳是那個……那個聖—女—天—后……柔柔！白柔涓！我國中時常在電視上看到妳耶！我媽媽還是妳的超級大粉絲！」

「喔……那都是十幾年前的事了，我已經很久沒有上電視或出專輯了。」她其實還蠻開心的，居然會有年輕人還記得她這位過氣天后。

「柔柔姊，請進請進……我這裡地方雖然小，可是總比站在外頭說話好一些。」

夢爵士的態度一百八十度大轉變，還畢恭畢敬彎著腰、揮著手招呼柔涓進門。腦子裡還一度懷疑，這會不會只是一場宅男春夢？也許待會聖女天后白柔涓就會狂野地輕解羅衫，跳到他身上……不過，他用力掐了一下大腿，才確定自己不是在作夢。

「你這裡好整齊呀！一點也不像男生住的地方……啊，原來你的臥房只和我的客廳隔一面牆？怪不得會被我吵得睡不著覺，真是非常不好意思。」她面帶微笑環視了夢爵士的小公寓，還將手中的禮盒放在他的餐桌上。

「妳不要客氣了，今天的事情我也有錯，不該謊報妳裸奔、鬧自殺和拿菜刀砍家具……我才要跟柔柔姊賠不是呢！」他紅著臉抓了抓頭，就轉身走到冰箱，拿出一罐雪碧和吸管遞給了柔涓。

「哪的話，是我有錯在先才會把你搞得情緒失控，總之我們這也算不打不相識，只要你知道住在隔壁的大姊姊不是個顧人怨的瘋婆子，我的心就安了！」

柔涓瞥見夢爵士身後的書櫃裡，壯觀地擺著近千本的藏書，眼睛突然亮了起來，還指著其中兩層的一些書，驚訝地說：「你也喜歡夢爵士寫的愛情小說呀？我也是他的忠實讀者呢！哇，怎麼你同一冊還買了十多本收藏？你比我還要忠實喔。」

夢爵士有點得意洋洋，靦腆地笑了出來：「既然是聖女天后柔柔姊問起，那我就實不相瞞了，我的筆名……就是夢爵士，這五十多冊小說都是我寫的啦。」

「什麼！你不是在騙我吧？我隔壁住的就是天才少年作家——夢爵士的本尊？這也太榮幸了吧！你以後的新作品一定要讓柔柔姊先睹為快呀！」

「唉喲，我已經不是少年了啦，今年都快滿二十七了。不過我的鄰居是聖女天后——白柔涓，我媽要是知道了肯定會羨慕死，搞不好還會連夜從台東趕上來朝聖呢。」

「那可不一樣，你還是文壇如日中天的當紅炸子雞，而我早已是演藝圈過氣的……老母雞了，沒什麼值得炫耀的啦。」柔涓捧著幾本夢爵士的暢銷小說，不經意地翻閱著，還不由自主嘆了一口氣。

「才不是呢！妳和林慧萍、楊林、方季惟都是大家心目中永遠的玉女，妳們的歌聲曾經慰藉過多少五、六、七年級生的慘綠年少，為他們帶來人生中最值得回憶的旋律。每一首情歌都交融著他們荳蔲年華、情竇初開時的片段，那些歌曲伴隨著記憶在他們心中默默地播放著。妳可千萬不能妄自菲薄，小看自己在演藝圈的重要性呀！」

柔涓聽到這席話心頭振了一下，內心突然泛起一種莫名的感動，卻又忍住了落淚的衝動，勉強擠出了一個笑容：「你還真不愧是暢銷書榜上的大作家，一字一句都如此扣人心弦，讓我的心情突然好了許多，能認識你這麼個小男生真好！」

「我說的都是真話，可沒有在咬文嚼字喔。」

「好啦好啦，那我就虛心接受你的鼓勵！不過，我還是很在意上午打擾了你好幾個小時，搞亂了你的正常作息與睡眠。我知道你們很多當作家的都是日夜顛倒，沒有充足的睡眠就沒有天馬行空的靈感。你說吧！柔柔姊還可以怎麼補償你？我可以幫你謄稿、打字、糾錯字，或者當你下一本書的愛情顧問？你可別小看我，再怎麼說我也是第一女子中學畢業的喔！」

「妳真的不要客氣，哪有那麼嚴重……」

正當夢爵士嘴裡還在說客套話時，腦袋瓜子卻職業本能地咕嚕咕嚕轉個不停，才突然想到有一件事……曾經演過戲的白柔涓還真的幫得上忙！

他回過神揚了揚雙眉，露出一種諂媚的笑容：「柔柔姊，妳想吃大腸臭臭鍋嗎？」

VIII 下一站，過氣天后

七月的艷陽像吐著蛇信的爬蟲類，不斷將熱氣噴向這座充滿水泥森林的台北盆地，發亮的柏油路像炙熱的日式鐵板燒，隱約蒸發著一股飄搖的熱空氣。

柔涓穿著一件綴滿蕾絲的白色上衣，和一條過膝的白色蛋糕裙，臉上掛著一副咖啡色的白框太陽鏡。彷彿像是從某位英國老太婆的壁櫃裡，活生生跳出來的古典搪瓷娃娃，突兀的浪漫裝束與這條攤販圍攏的台康街，還真有那麼點格格不入。

她的左手握著一束五顏六色的氫氣球，腋下夾著許多包著玻璃紙的單支玫瑰，右手則提著一個裝滿小禮物和ＣＤ片的大號手提袋。那些ＣＤ應該就是她十多年前發行的最後一張專輯，也就是被冉大福收購的那批滯銷貨。

她在台康醫院門口下了計程車後，就踏著出奇輕快的步伐進了醫院，走廊上有幾位坐在輪椅中曬太陽的病人看著她，露出一抹好奇的眼神。她匆忙走到一樓的服務台，對著裡面的櫃台小姐笑容滿面地說：「不好意思，我來晚了！」

那位臉上長滿青春痘的女子看著她，露出一種莫名其妙的表情。

「我是柔柔，白柔涓啦！」她意識到這位接待人員根本沒認出她，馬上就將手提袋往櫃檯上一擺，然後優雅地脫下太陽眼鏡，還很自然地甩了一甩秀髮：「嗯，就是那個聖—女—天—后—呀！」。

那位小姐的表情呆若木雞，還用一種狐疑的語氣謹慎地問：「妳是不是要到身心醫學科掛號？二樓，進電梯出來後左轉……」

「不是啦！我和你們安寧病房的紀小姐講好了，今天下午三點鐘要舉辦『柔柔問暖送愛心』的活動，慰問那個樓層的一些病人。」

柔涓邊說邊打量著對方。二十歲出頭，濃濃的鄉音，當然不會知道她這位曾經紅極一時的天后。

「五樓，出電梯後右轉直走到底，就可以看到安寧病房的護理站了！」對方仍然用很公式化的口吻答話，還隨手收拾著桌上的檔案夾。

柔涓朝著電梯的方向走去，還不時環視著醫院大廳，不過並沒有看到她所期待的任何文字或攝影記者。她心裡還有點懷疑：「難道那條簡訊沒有發送成功？」

那天被夢爵士的一番話激勵後，她決定要想盡辦法重回螢光幕，尋回自己在演藝圈的「重要性」。可是新生代女藝人那些露底褲、擠乳溝的搏版面花招她學不來，只好退而求其次改走溫馨感人的公益路線，才會想出在這家知名醫院搞個「柔柔問暖送愛心」的活動，希望能引起媒體們再度關注與報導。

前幾天，她還找出曾經訪問過她的一些記者朋友的名片，群發了一則像新聞稿的簡訊，邀請各家媒體的記者大哥大姊共襄盛舉。雖然十多年來有些記者早已升格當主管了，可是衝著慈善愛心的名目，這些過往對她窮追不捨的媒體先進，總能派個小輩來拍拍照或採訪吧？難道現在大家都變得只愛嗜血和嗤肉的新聞嗎？

她在電梯裡狼狽的彎腰、半蹲，護著那束七彩的氫氣球，上了五樓後仍然在四處張望，期盼能見到任何一張熟面孔，直到走到長廊盡頭的安寧病房護理站，她才完全洩了氣。因為櫃台裡的護士小姐告訴她，那位紀小姐今天根本就沒有上班，也沒有將什麼「柔柔問暖送愛心」的事宜交接給任何同事，更沒看到記者的身影出現在這個樓層。

柔涓還是不死心地問：「那麼，可以將這個樓層的病人們，聚集到旁邊的這個會客室嗎？這樣待會有記者來的話，拍起照時畫面也比較集中。我希望能夠一個一個獻花和送小禮物給他們，還有許多我出過的ＣＤ呢！如果大家高興的話，我還可以為他們演唱幾首我的招牌成名曲！」

那位中年護士小姐不耐煩地搖著頭，用一種極為嚴肅的神情看著她：「小姐，這裡是醫院不是小巨蛋耶！再說安寧病房裡全是性命垂危的重度病人，許多人連大小便都無法自理了，妳要他們怎麼走到這裡來收妳的什麼小禮物？妳有沒有搞錯呀！」

狀況外的她頓時愣住，完全啞口無言，只能聽著護士小姐非常不客氣的繼續數落：「醫院也不是讓你們這些藝人搞宣傳、炒新聞的地方，況且這種安寧養護的病房本來是禁止開放給外人的，不過既然紀小姐已經答應過妳，我也無權過問啦！只要妳保證不影響到護理工作，我們也不至於會趕人……」

柔涓只能連聲道歉，也允諾對方一定會盡量保持安靜，不去過度打擾到病人。

她像個傻子似的，拿著一大束氫氣球、玫瑰花和小禮物，呆坐在長廊上的座椅，傻愣愣地看著幾位護士們忙進忙出。她看了看手機已經快四點鐘了，也再一次確定真的沒有記者記得她，或者在乎她的任何消息了。她翻著手機裡的連絡人名單，猶豫著到底是不是該打一通電話，給幾位曾經比較熟的記者，也許他們真的沒有收到那一條簡訊？。

在名單上突然閃過一個熟悉的名字——「柳盈盈」。那是她在寶格唱片的前經紀人，曾經為她張羅過所有的演出行程，也是安排她與媒體見面的關鍵人物。柔涓的手指頭顫抖著，考慮了許久才索性按下了撥號鍵，她希望這位過往最關心她的盈姊，可以在此時此刻幫她一個小忙。

「柳盈盈，您哪裡？」電話接通後，柔涓又聽到那個熟悉的嗓音，彷彿有一種時光倒流的錯覺。

她馬上提起了精神喊道：「盈姊，我是柔柔啦！」

「喔…喔…柔柔啊！妳在哪裡呀？唉喲，好久都沒有聽到妳的消息了，妳最近還好吧？」柳盈盈的聲音剛開始還有一點錯愕，可是馬上就轉回非常職業化的溫柔語調。

就像以往柔涓看她在電話裡，跟幾位綜藝節目的製作人取消通告時，滿嘴謙卑、真誠與歉意的客氣話，掛了電話後卻又迅速換了一副嗓子，將對方數落得一無是處。

現在的柳盈盈也是如此應付她嗎？

柔涓努力榨出了幾句比較生活化的客套辭令，讓自己聽起來不是那麼無事不登三寶殿：「我很好，最近剛在民生東路買了間新房子，換了個比較滿意的環境，心情上也好許多了！妳哪天有空也上我那坐坐嘛……」

「好呀，我們也好久沒有聚一聚了，應該找個時間見見面，應該的應該的……嗯？妳是不是還有其他事情找我呀？」柳盈盈這種精明的女人，肯定是常接到這類沒頭沒尾的問候電話，才會毫不浪費時間馬上點出重點。

「喔喔喔，是這樣的啦，我現在正在台康醫院辦一個『柔柔問暖送愛心』的小活動，慰問安寧病房的那些重症病人，希望可以盡我個人的棉薄之力，讓他們在最後的日子裡有些快樂……」

「很好呀，妳開始參與這種公益慈善活動，很好…很好…」柳盈盈聽起來有點心不在焉，亦或者根本就對這個話題沒興趣，才會僵在那兒沒接太多話。

「我是想請盈姊幫個小忙啦……前幾天我群發了一則這活動的新聞稿簡訊，給幾家咱們以前接觸過的媒體，可是到現在都還沒見到他們出現，我在想是不是我的簡訊沒發成功，還是手邊的這些手機號碼已經舊了。」

柳盈盈一句話也沒有吭，只是靜靜地聽著她繼續說下去，彷彿等著聽她葫蘆裡要賣什麼藥：

「不知道盈姊方不方便幫我打幾通電話，通知幾位妳比較要好的報章雜誌主管，請他們派幾位下屬到台康醫院捧捧場，畢竟作公益這種事也需要抛磚引玉，上一下新聞才好嘛！」

電話那頭繼續沉默了好幾秒，沒多久柳盈盈才切換成另一種冷淡的嗓音：「柔柔呀，我是很想幫妳這個忙啦，不過我現在已經不負責媒體和公關這一塊了，況且不是我說妳啦，妳都已經退隱這麼多年了，怎麼還跑出來搞這種吃力不討好的小活動？妳知道現在的演藝圈和十幾年前不同了耶，妳這樣搞這些小動作，只是會讓妳……自取其辱嘛！」

「盈姊，求求妳，妳沒空的話，就吩咐底下的人幫我一把，我現在卡在這裡不上不下，真的很難為情……」柔涓的語氣帶著點哽咽，卑微地懇求這位前經紀人能夠同情她的處境。

「白柔涓，妳都已經不是寶格的簽約藝人了，要我這樣去發落下屬幫妳搞宣傳，這怎麼說得過去？當初是妳自個兒把名聲給搞髒的，公司投資在妳身上的那些資金血本無歸，也都沒有去跟妳計較，怎麼妳這會兒還回過頭想差遣我們？」

柔涓聽著柳盈盈一長串的數落，一句話也接不上來，只是眼眶卻不爭氣地紅了起來，兩道淚水不自覺劃下了臉龐。

「唉呀，不說了不說了，我有其他電話進來，待會還要去錄音室探新人的班，我們改天再聊吧！」柳盈盈連一聲再見也沒說，就匆匆將電話給掛斷了。

她放下手機難過得狠狠捶著雙腿，不斷咒罵自己是個白癡，打了那通電話才真的是自取其辱！也許柳盈盈掛掉電話之後，又會像以前那樣，在其他歌手或助理面前對她極盡冷嘲熱諷之能。她明知寶格唱片或柳盈盈，對當年那些舖天蓋地的包養醜聞反感至極，還曾將她打入冷宮急速冷凍，讓她在演藝圈的後期灰頭土臉。

怎麼如今自己又忘記那些不可能被原諒的錯誤？還自討沒趣打電話向老東家求救，妄想能再有另起爐灶、風華再現的回鍋之日！

她在走廊上坐了半個多小時，才終於擦乾了眼淚，起身想默默地離開醫院。可是看著手邊那些凝眼的隨身物品，她決定還是要走進每一間病房，悄悄將那些花束和小禮物擺在每位病人的床頭櫃上。

安寧病房裡大部分的病人都還在睡午覺，或是雙眼無神地戴著氧氣罩，無聲地凝視著突然造訪的她。有些人的眼睛裡充滿著絕望；有些人的臉上帶著些許淡定；也有些人的靈魂可能早已脫離那具病痛的身軀，飛回過往那些快樂的時光裡流連忘返。

她突然體會到自己是何等的卑鄙！何等的下流！竟然想利用這些正在等死的老弱婦孺，來達到個人搞宣傳的意圖。用自己的無知與無恥，去污辱他們生命中最後的尊嚴；用那些光鮮亮麗的假慈善，去摧毀這些不想讓外人目睹到病容與醜態的脆弱心靈！

羞愧、自責與罪惡感，讓她完全無法繼續站在這片離天國最近的神聖領域。當她自慚形穢想快步走出其中一間病房時，卻聽到身後有一個微弱的聲音喊住了她。

「嘿，我有在電視上看過妳喔！」

說話的是一位躺在靠窗床位的老婦人，那間雙人病房裡只剩下她孤零零的一個人。她看起來大約才六十多歲而已，稀薄的髮絲被梳成一個不成形的髻，雖然手臂上插著幾根管線，連接在一台閃著燈的機器上，可是氣色卻非常紅潤。

柔涓充滿好奇緩緩走回老婦人床邊：「真的？妳知道我是誰？」

「當然呀，妳就是那個小天后……蔡依林嘛！」她回答得非常肯定，還露出一種得意的笑容：「妳好厲害，我上次還在電視新聞裡，看過妳一邊吊環一邊唱歌耶！」

「不是不是，我不是蔡依林，我是白柔涓啦……那個……聖女天后呀！」她的表情有一點尷尬，還順手從手提袋裡拿出一張封面有點土氣的ＣＤ專輯：「這個送給妳，是我出過的一張專輯。」

老婦人目光茫然，像是從來沒聽過那個名字。她看了一看那張ＣＤ的封面，又端詳著眼前的柔涓，還很訝異地說：「哇，照片上的妳看起來比較年輕呦！」

「沒有啦，那是十多年前的照片，現在已經無法和以前相提並論了，老囉……」柔涓有點語重心長，可是也警覺到在老人家面前喊老，實在有點不禮貌。

老婦人又露出那種得意的笑容，興奮地告訴她：「我以前也當過歌星呢！妳相信嘛？」

她仔細看著老婦人那張充滿細紋的小臉，卻認不出她是哪一位老牌歌星，不過還是很禮貌地問：「這麼巧？妳唱過哪些成名曲？」

「呵呵……沒有什麼成名曲啦！我不是在電視上唱歌的歌星，而是在招待美軍的俱樂部裡駐唱過！我年輕的時候都是演唱英文歌曲，表演給那些在越南打仗、來台灣渡假的美國大兵。對了，我叫胡靚妹，妳也可以叫我『克莉絲蒂娜』或「蒂娜」，就是C-R-I-S-T-I-N-A啦！」

她很認真拼著自己的英文名字。不過柔涓怎麼也無法將克莉絲蒂娜或蒂娜這兩個洋名，和眼前這位老婦人聯想在一起，還是很保守地喚了她一聲「靚阿姨」。

「唱英文歌給越戰的美國阿兵哥聽？靚阿姨，妳才真是深藏不露呢！」

「拍謝啦，很多西洋歌曲我都已經忘得一乾二淨了，那些至少是四十多年前的往事了，大約是六、七十年代那一陣子吧！」

胡靚妹聊起過往的風光，眼睛裡閃過一種動人的光采。

這時候，柔涓才從她的瞳孔中看到，那位婀娜多姿的蒂娜，站在俱樂部舞台的聚光燈下，演唱著一首首懷念金曲，也彷彿看到台下的大兵們穿著草綠服或水手服，跟著她的歌聲揮舞著雙手。那些來自美國老家的流行音樂，曾經慰藉過一批批被派到異鄉戰場的遊子，歌聲就像是一條無形的絲線，若有似無的將他們與故鄉緊緊連在一起。

胡靚妹看著窗外的過眼雲煙，斷斷續續哼著那首一九六七年的經典歌曲「到舊金山，別忘了頭上戴幾朵花（San Francisco - Be Sure to Wear Flowers in Your Hair）」。雖然這首歌在台灣流行的時候，越戰的美國官兵早已停止來台渡假了，可是這曲子卻曾經陪著她，渡過了那段最痛苦的日子，那段與摯愛及骨肉分隔三地的慘澹時光。

「If you're going to San Francisco,

Be sure to wear some flowers in your hair;
If you're going to San Francisco,
You're gonna meet some gentle people there.
For those who come to San Francisco,
Summertime will be a love-in there.
In the streets of San Francisco,
Gentle people with flowers in their hair……」

柔涓坐在床邊聽著靚阿姨輕柔地唱著那首動聽的歌曲，思緒也被她拉到那個遙遠的年代。中山北路和民族西路的燈紅酒綠，瞬間在這孤獨的病房裡搖曳著，那些簇擁在人群中的美國大兵，苦中作樂的喧鬧聲，也好像忽遠忽近縈繞在床邊。

她猶如看到一面鏡子，一面映著自己三十多年後的鏡子，倒影裡只有她一個人，孤零零地躺在一間昏暗的病房裡、一張寂寞的病床上。

生命走到最後，就只是那些複雜儀器上，不停閃動的點點燈光……

IX 魚魚

蒂娜和萊恩交往了七個多月後，突然發現自己已經有了身孕，本來她還堅持要將孩子拿掉，因為Perry's或雷洛合唱團不可能眼見她挺著個大肚子，還繼續讓她在台上駐唱掙錢。不過萊恩知情後卻極力阻止，甚至承諾會向美軍顧問團提出說明，盡快和她在台北美軍招待所的教堂舉行婚禮。

「（只要能夠在這裡得到認可和妳登記結婚、申請眷屬資格，日後我就可以將妳申請回美國，妳、我和我們的小寶貝，就可以在舊金山共組自己的小家庭了！）」萊恩興奮地說著，眼睛裡閃爍著無比的希望。

她掙扎了許久，才終於答應要留住肚子裡的孩子。在這種情況之下，要她選擇當一個狠下心墮胎的母親，她寧可姑且相信萊恩對她的承諾句句屬實。只是她的內心深處，仍有著一個莫名的無形缺角，儘管萊恩將未來說得如此甜蜜美滿，可是她卻怎麼也無法將自己的身影，嵌進那些如童話般美麗的畫面裡，彷彿那根本就不是一齣屬於她的段子。

隔了兩天，萊恩興沖沖帶著一枚戒指，跑到了蒂娜和悌悌的住所，在大門口就跪了下來向她求婚。他真情真性的一字一句，才終於將蒂娜心中那種作夢般的虛無感，漸漸拉到一個可以預見的真實未來。

「（親愛的蒂娜，這兩天我一直絞盡腦汁思索著，到底應該在什麼時間點，或是在哪個浪漫的場所向妳說這些話。不過我也同時領悟到，時間與地點好像又不是那麼重要，因為真正重要的只有妳這個女主角。是妳，令我的心中感受到前所未有的快樂；是妳，讓我覺得自己是這個世界上最幸福的『阿啄仔』！只要妳願意，我希望下半生都可以如此快樂幸福，未來的每一天都如同今時今日。蒂娜小姐，妳……願意嫁給我嗎？）」

當蒂娜的雙手還摀著嘴，感動地流著眼淚時。一旁的悌悌早已用她那口台式英語鬼叫著：「Yes! She Will……She Will!!」。

蒂娜含著眼淚緩緩點了點頭，望著萊恩托在手中的那只紅色小盒子，裡面有著一枚閃閃發亮的求婚戒指，那是她這輩子見過最美麗的戒指，彷彿正閃爍著一種至死不渝的堅貞光芒。他依照歐美的求婚禮俗，將那枚戒指套在蒂娜左手的無名指上，因為西方人認為那根指頭的血管直接連結著心臟。

她嬌羞地看著手指上的那枚戒指，連淚水都還沒有止住，就納悶地問：「（你連中文都不懂，怎麼敢跑到台北的金鋪買戒指？難道你不怕被本地人給騙了嗎？）」

「（哈，我很聰明的！我逛了好幾家金鋪後，才挑到這個中意的款式，還偷偷將樣式記起來畫在紙上。第二天就派我們營區的兩位台灣阿兵哥去殺價，等他們將價錢壓到最合理的數字時，才將門外的我叫進去付錢。那個金鋪的老闆娘一看到是要賣給我的，還笑得直說這次竟然是她被阿啄仔給騙了！）」

萊恩驕傲地仰著下巴，還露出一種小孩子般的頑皮笑容。

眼眶依舊紅通通的悌悌，也湊過頭仔細欣賞著那枚戒指，還激動地握著蒂娜的雙手，聲音沙啞地喊著：「我就說妳會遇到一位好男人吧！還從來沒有一位美國大兵，會送我如此貴重的求婚戒指。我真的為妳高興……妳總算先我一步找到好歸宿了，以後到了美國可別忘記還有我這麼個姊妹喔！」兩位女子竟然就那樣抱頭痛哭了起來，搞得一旁的萊恩也有點尷尬。

那天下午，萊恩帶著蒂娜在雙城街附近的老相館拍了幾組照片。那個年代雖然還不時興婚紗攝影，不過萊恩穿著軍便服，頭戴著大盤帽的英姿，與蒂娜身著雪白洋裝的黑白合照，卻讓她提前感受到那份心手相連的真切感。萊恩還承諾等到結婚手續和眷屬資格都申請下來後，再來拍幾組穿著白紗禮服的正式結婚照。

「（這個周末我們就到屏東去拜見妳的父母，就算是要下跪磕頭……我也要懇求他們答應妳嫁給我！）」他的眼神堅定地看著蒂娜，彷彿這個世界上已經沒有任何人事物，可以改變他的決定了。

蒂娜感動得將頭埋進他的胸膛，靜靜地聽著他均勻的呼吸聲，和胸口那陣澎湃的心跳聲。時間就那樣靜止下來，宛如一方結凍的冰塊將他們緊緊地包在其中，任憑大街上的車水馬龍、巷口醬菜車的銅鐘叫賣聲，和遠處孩子們的嬉鬧笑聲，全都像是流過身畔的河水一一消逝。

事實上，那一晚之後，蒂娜就再也沒有見過萊恩的身影。

剛開始，她還每天傻傻地在Perry's人頭簇擁的洋面孔裡，尋找著那張熟悉的臉；在透天厝公寓裡，等待著窗外會出現他的吉普車或高大的身影。可是一切卻恍如未曾發生過，他就那麼莫名奇妙從人間蒸發。

她無法說服自己到底是怎麼一回事，假如他早已存心想要離開她，為什麼還勸她留下肚子裡的孩子？又為什麼要大費周章花錢買戒指向她求婚？將她高高地捧上雲端，卻又一下子讓她跌得頭破血流。

到底是怎麼樣的男人，才會用如此惡劣的方式來傷害一個女人？她想不透，她一點也想不透……

就算幾個月過去了，她仍無法相信那一雙真誠的眼睛底下，竟然會藏著一縷說謊者的醜惡靈魂。她曾經挺著肚子跑到萊恩提及的那個營區尋找他，卻始終不得其門而入。幾次之後，才有一位台籍的軍官同情她的遭遇與處境，走了出來將實情轉告她。

「堅肯斯士官已經不在我們這個營部支援了，聽說是被他們顧問團突然轉調到越南，支援那邊的美軍後勤技術單位。」

「我不相信……他一定是在躲我！你叫他出來！出來！」那些累積在蒂娜心中的憤怒與憎恨，突然間化成了失望與無助。

她雙腳垂軟地跪在營區大門口，乾瘦的小手撫著隆起的肚子放聲哭了出來，還不停搖著頭栽倒在地上，用雙手不斷搥打著滿是碎石的黃土地，她的指節滲出了血絲，斑駁的暗紅也染在大大小小的碎石上。

那位台籍軍官手足無措扶起了她，還不斷解釋：「其實，他們顧問團是不允許支援的官兵和本地的婦女有感情糾葛，通常在發生這類事件時，就會將當事人緊急調回美國本土或派往其他駐守國家……」

激動的蒂娜仍然無法控制情緒，大聲地喊著：「我不相信！我不相信！」

「小姐，往好處想想，也許……等他結束了越南的任務之後，會想辦法回台灣接妳和小孩。妳現在一定要照顧好自己，不然等他回來的時候，看到妳這個樣子……也會難過呀！」

然而，在往後的日子裡蒂娜根本未曾收過萊恩寄來的隻字片語。

＊

她從民國五十六年等到民國六十一年，眼見美國軍方正式宣佈駐守越南的美軍將不再來台進行休息復原度假；又等到民國六十八年台美斷交、美軍顧問團撤離台灣、台北美軍招待所正式關閉……卻從來沒有等到萊恩的任何消息。

許多年之後，她連最後一絲希望也完全放棄了，那枚求婚戒指被她摘了下來，收在梳妝台抽屜的深處；那幾組黑白合照也被她狠狠撕碎，丟進廚房灶爐的火堆裡。也許萊恩早就退伍回到美國結婚生子；也許對他來說蒂娜只不過是軍旅生涯中的一個污點；亦或許她只是萊恩人生中，所背叛過的眾多亞洲女子之一。

自從美國官兵不再來台灣R & R度假後，原本在中山北路和民族西路的商圈也受到嚴重衝擊，過往燈紅酒綠的美式夜生活變得冷清清，Perry's和蒂娜駐唱過的幾家俱樂部都相繼結束營業，最後連雷洛合唱團的成員也為了餬口而各分東西。

她和四歲大的兒子頓時陷入困境，少了過往的固定收入，少了那些豐厚的美金打賞，她和悌悌連那層透天厝也快付不出房租了。為了討生活，悌悌沒多久就跳槽到其他台式酒吧，轉接日本客和本地人的生意，雖然所能掙到的錢不如「美金亮晶晶」的時代，但是當時的大環境已經不可同日而語了。

悌悌還極力說服蒂娜乾脆就下海當吧女，不然一個女人家帶著個拖油瓶，怎麼可能在這個處處都要錢的大都市裡求生存？可是蒂娜說什麼也不願意自甘墮落，只好先帶著兒子回老家一陣子。

她將兒子取名為「胡思恩」，因為在孩子剛剛生下來時，她的確還對萊恩抱著一絲期許與思念，只不過那些欺騙自己的等待，如今都成了遙不可及的夢想。

萊恩曾經說過：「（要是生男孩就叫作『Oliver』；女的就叫她『Jeannie』，因為那是我祖父和祖母的中間名，我們家族的名字都是以這種方式傳承下去的。）」

因此，兒子的英文名字一直以來都是叫奧立佛，她甚至比較喜歡這個名字，至少不帶著任何思念萊恩的感慨。奧立佛是父親的翻版，只不過髮色是比萊恩還要更深的棕黑，眼珠子則是稍微偏淡褐色。他和父親一樣常會露出一種頑皮的笑容，彷彿在他小小的腦袋裡沒有任何事需要正經八百，才四歲的他身高也比同齡兒童高出了許多。

當蒂娜帶著奧立佛回到屏東時，她阿爸一看到女兒生了個不中不西的混血小孩後，馬上大發雷霆。

「我前幾天才聽人家說阿義伯的查某仔，在台中清泉崗附近當『吧仔』給阿啄仔糟蹋。結果這種見笑的代誌居然也發生在我查某仔身上！還生了個不像人又不像鬼的阿啄囝仔，妳是想唄氣死令北哦？」

「我在台北真的不是吧女！而是在俱樂部裡當駐唱歌手！阿爸阿母，你們為什麼不相信自己的女兒？不相信我是清白的……」她失聲跪在父母的跟前，他們卻連正眼也不願多瞧她一眼。

「還敢說妳是清白的？我嘸知影妳和多少阿啄仔亂亂來，現在連這種囝仔都生出來了，還敢說妳是清白的？這種袂見笑的代誌傳出去的話，妳叫我和妳阿母哪有臉去面對漁場裡的人閒言閒語！」

「萊恩和我是正正當當戀愛的，真的不像你們想得那個樣子！」

父親忍住滿腔的憤怒，冷冷地說：「免講啊啦！今哪日開始我胡秋雄沒妳這款袂見笑的查某仔，妳雄好是嘎我永遠消失，不准妳踏入這間厝一步！」然後就氣沖沖走回自己的房間。

蒂娜的阿母欲言又止，可是卻完全不敢在阿爸面前幫她說什麼，只是滿面愁容默默看著跪在地上的女兒，然後搖搖頭狠下心隨著丈夫離去。

她知道三位已經在讀國中和高中的弟妹們，從頭到尾都躲在花布門簾後偷看，可是當她一回過頭朝他們望去時，兩位弟弟卻露出一種嫌惡的表情，頭也不回就拉著妹妹跑走了。

她想起那些日子自己辛苦跑場駐唱，所賺到的錢都盡量多寄些回家，就是希望下面的弟妹們也能順利完成高中學歷，而不需要像她當年那樣，初中畢業就被阿爸逼著要去漁場工作。還好在那位洋神父的支助下，她才得以順利讀完高中。

可是，儘管她處處為家人著想，他們卻還是先入為主將她當作是一個出賣肉體的吧女，在還沒聽完她的解釋前就將她定罪，認定她就是那種為金錢與異族男子通姦的女人！

當她失望地走出家門時，只見到奧立佛一個人傻傻地站在前庭的幾排竹竿下，好奇地盯著吊在上面一條條的魚乾。鄰居的小朋友則躲在一旁，用一種好奇的眼神窺視著他。

奧立佛語氣天真地問：「蒂娜，為什麼魚魚都像衣服一樣，被吊在太陽底下呀？」

奧立佛總喜歡跟著悌悌阿姨稱自己的母親為蒂娜，就連他牙牙學語時所會說的第一個詞也是蒂娜，對他來說那是一個比媽媽還要更親密的名字。

蒂娜看著那些乾癟的魚乾許久，才百感交集地說：「因為漁夫伯伯們賣不掉這些魚，又怕它們會臭掉、腐爛掉，才會將它們晾起來曬乾，再撒些海鹽醃一醃，就能永遠保存起來了……」

她突然覺得自己就像這一條條被榨乾後的魚乾，自慚形穢的在光天化日之下晾著，任由家人或村子裡的外人對她指指點點。

本來她只是希望父母能收留奧立佛一陣子，等她在台北找到穩定的工作之後，就會把兒子接回去。不過剛才阿爸站在大門口，一看到有個如此長相的阿啄仔外孫，根本連看都懶得看一眼，就開始吹鬍子瞪眼大罵起來了。

奧立佛拉著蒂娜的手又問：「我們不能住在這裡嗎？外公和外婆不喜歡奧立佛？」

「不是的……不是的……他們最近都很忙，外公要忙著出海打漁，外婆要忙魚市場裡的生意，沒有時間照顧奧立佛。他們都有告訴我……很喜歡你喔……」

她將兒子摟進懷裡輕聲細語安慰著，淚水卻不爭氣地刷了下來。

她真的好恨那個男人，為什麼明知要一走了之拋棄她，當初卻阻止她將孩子打掉？讓這麼一個無辜的小生命，來到人世間嚐盡各種異樣的眼光！她更恨自己，要不是她當年的傻和癡，如今也不會連累著兒子一起受苦，她覺得自己太對不起小小的奧立佛了，一切都是她的錯！

奧立佛的小手不斷撫摸著她的頭髮，像個小大人似地說：「蒂娜，不要哭，不要難過……」早熟的語調聽在耳裡，更是讓她心如刀割。

最後，她只好帶著兒子跑到高雄，找到了幾年前嫁到鳳山的高中死黨游美幸。

當她一見到這對夫婦時，就拉著兒子一起跪在地上哭喊著：「美幸、阿金求求你們暫時幫我收留這個孩子，我真的是走投無路、六親無靠了！」

美幸和丈夫都嚇了一跳，急忙把他們母子倆扶了起來，還拿出手帕幫她擦掉臉上的淚水。蒂娜將這些年來的處境一股腦兒全都說了出來，還發誓回台北後一定會馬上找到一份工作，每個月也絕對會按時寄兒子的生活費，只要她的經濟狀況一好轉，就會馬上將奧立佛接回台北。

美幸面帶笑容看著蒂娜，又看了看奧立佛，然後伸手摸了摸他的頭：「你叫什麼名字呀？」

「胡思恩，妳也可以跟蒂娜一樣叫我奧立佛。」

「哇，奧立佛你的頭髮好軟，眼睛也好漂亮喔！就像阿姨小時候的一個洋娃娃呢。」

「呵呵呵……我是男生啦，不是洋娃娃！」

「怎麼樣，你願不願意聽媽媽的話，暫時留下來陪阿姨和姨丈呢？等她在台北找到工作之後，就會馬上接你回去囉！」美幸蹲在奧立佛跟前，握著他的小手很有耐心地解釋給他聽。

奧立佛看著雙眼哭得紅腫的蒂娜，又望著眼前這一對陌生的夫婦，面無表情想了許久，才心不甘情不願點了點頭，可是又回過頭慎重的跟蒂娜說：「不過只能短短的留下來喔，蒂娜要快一點找到工作，奧立佛會很乖、很聽話在這裡等妳來接我！」

蒂娜一把抱住了奧立佛和美幸，眼淚又不聽話地流了下來：「謝謝美幸！謝謝阿金！你們的大恩大德我今生今世一定會湧泉相報……」

「好了啦，靚妹！妳就不要在孩子面前哭哭啼啼了。我和阿金結婚六年多了，一直都想要生個兒子來作伴，可是都怪我的肚子不爭氣，不過現在有這麼個可愛的奧立佛來陪我們，搞不好還會幫我們家帶來好運，也招個弟弟來呢！妳就不要擔心了，快回台北找工作吧！就算眼前手頭緊沒寄生活費來也無妨，你兒子這麼小還不至於會把我家吃垮啦！」

美幸緊緊握著蒂娜的雙手，善解人意地安慰著她，才終於讓她心中的大石頭放了下。可是最痛苦的時刻當然就是要丟下兒子，連頭也不敢回地走出美幸的大門。

她知道奧立佛也很勇敢地忍住眼淚不敢哭出來，可是卻在門一關上後，就聽到奧立佛終於控制不住，在裡面放聲大哭：「蒂娜，我後悔了！蒂娜，回來……回來……不要丟下我！」

一字一句就像千刀萬剮刺上心頭。

她閉著眼睛杵在門外掙扎了許久，才終於提起如千斤重的雙腳，快步往大街上瘋狂地狂奔。眼淚像潰堤的洪流不斷從眼眶奔流而出，她的心也如同一片片碎玻璃迸裂開來，那些千千萬萬的破片在她的體內不停、不停、不停地刺著。

而她只能忍住一切，頭也不回的繼續往前跑……

她決定回台北之後，就到悌悌上班的那間酒吧去工作，反正連自己的家人都一口咬定她是在當吧女，那麼就算她現在才真正下海，對他們來說又有什麼差別？只要能夠在最短的時間內掙到錢，盡快將奧立佛接回台北，無論要她去作什麼樣的女人，她都無所謂了！

X 宅男的進擊

彥基很難得又穿上了西裝，昂首闊步走進了這棟商辦大樓，他看了看大廳牆面上公司行號的樓層牌，確定了「智企文化出版事業」是在三樓，便匆匆攔住一台正要關上的電梯，還在裡面對著鏡子理了理領帶和頭髮，準備迎接這一個意外的面試機會。

才剛走出電梯門，他就看到這家規模不算小的出版社，在大門的櫃台就坐著三位接待小姐，當他推開門正想走向櫃台詢問時，就被坐在會客沙發上的一位女子給攔了下來。

「你是吳彥基先生嗎？」

那位女子身著一套米白色的套裝，挑染過的長髮梳成了一個端莊的髮髻，長得一臉精明幹練的樣子。

彥基納悶地點點頭後，她才客氣的和他握了握手：「我們到會議室去談吧！」

「請問該怎麼稱呼您？」那女子並沒有立刻回答他，只是領著他往櫃台旁的長廊走。

彥基也留意到她剛才坐過的沙發旁，還有一位服裝新潮的男子，穿著一件有腰帶的深紫色西裝，還配上一條很搶眼的白色窄筒褲和短靴。他有點訝異，難道那位男子也是來應徵的嗎？這年頭還有人穿成這副德性來求職？

那位女子帶著彥基走進一間小型會議室後，便很自然地坐到背窗的那個位置，還順手將手中的幾個檔案夾放在桌上：「叫我賈副總就可以了，我是負責『智企文化』廣告企劃部門的主管，也是打電話通知你來面試的人。」

「您在電話裡說，是在網路上收到我的資料？可是我查了一下郵箱的寄件匣，並沒有Email過履歷給貴公司呀？」

那位女子頓了一下，還是很冷靜地回答：「你不是將履歷和自傳貼在好幾家人力銀行的網站嗎？我們就是在上面搜尋到你和另外幾位符合條件的求職者。」

「喔，我瞭解了！這是我另外列印的一份履歷及自傳，讓您比較方便過目我的詳細資料，因為網路上的版本比較精簡些。」他從公事包裡拿出了一個透明L夾，畢恭畢敬遞給了她。

賈副總戴上了一副金邊眼鏡，很仔細地讀著那幾張紙，還不時抬起頭問了一些問題：「上面寫的前一份工作是在『開屏科技』，那是什麼性質的公司？你當時從事的又是怎麼樣的職務？」

彥基有點尷尬地回答：「其實那是一間電話行銷公司，因為景氣比較低迷……所以我在開屏當過四個多月的電話行銷人員，不過我專長的是企劃與管理方面的領域，因此並不是很適應那種以電話推銷商品的工作……」

賈副總像是確定了什麼疑慮，便很直爽地說：「就像我在電話裡跟你提過的，我們的廣告企劃部門有一個經理職位的空缺。我前幾天在人力銀行網得知，你過往有外商廣告公司和管理部門主管的工作經驗，也和業界打聽過你這個人，我覺得你應該有足夠的能力可以勝任這份工作，這個職位的工作內容、上班時間和待遇大概是這樣……」

她仔細介紹了智企文化和這個職位的職務範圍與薪資福利，然後摘下了眼鏡定睛看著彥基：「所以，你下個月一號可以開始正式上班嗎？」

「您是說真的嗎？這當然……當然可以！」賈副總突然其來的那句話，讓彥基幾乎快從椅子上跳了起來，還興奮地站了起來不斷鞠躬：「感謝賈副總的賞識，我一定會好好表現！」

這是他被京圓遣散後的十一個月裡，第一次有大公司願意重用他，而且還是個和自己所學相關的主管職位。幾個月以來在開屏所受的窩囊氣，此時此刻全都煙消雲散，他覺得自己肯定是苦過頭，開始出運了！

「那麼歡迎你加入智企文化，到時候就直接找人事部報到吧！對了，這裡還有前幾年公司在法蘭克福書展所作的幾份簡介，和當時在會場的一些論壇記錄。我這裡只剩下德語版了……你先拿回去研讀一下吧！這樣就可瞭解我們對海外市場的策劃方向。」

「德語喔？好的好的……沒問題！」他當然不敢說不，既然是賈副總給的第一門功課，他就算是絞盡腦汁也肯定要排除萬難去研讀、吸收、消化！

彥基禮貌地又道謝了幾聲才離去，幾乎是連跑帶跳衝出了走廊，推開了那扇以後每天都會觸摸的大門，離開了這個未來的新東家。

✽

當天晚上，彥基就開始拿著那疊德語資料坐在電腦前，將一個個單字慢慢輸入到線上翻譯網站，把一段段看不懂的德文轉譯成中文。雖然這種翻譯程式的結果大多是牛頭不對馬嘴的中文，他也只能在一堆辭不達意的文字中理出個大概頭緒。

他看了看電腦上的時鐘，已經花了三個多小時，卻只勉強看懂簡介上的第一篇內容，照這樣的速度算來，兩個星期後的月初可能也無法讀完這一疊功課。他只能安慰自己，就算每天只睡兩個小時，也要讓賈副總刮目相看，畢竟這是多麼得來不易的一次翻身機會。

經過兩個星期不眠不休的奮鬥，他還是模模糊糊只看懂百分之六十的德文簡介和論壇記錄。而且還有點納悶，那堆資料裡好像有許多和智企文化毫不相關的英文紙頭，看起來就像是在法蘭克福書展裡隨手收集到的一些宣傳單或試讀本，上面講的全是國外其他出版社的商品。

他管不了那麼多，或許那也是賈副總希望他瞭解的歐洲出版資訊吧？

新官上任的那一天，他特別起了個大早，將自己梳理得整齊體面，還挑了一套久違的主管級行頭，精心打了一條尊貴又不張揚的銀灰色Hermes領帶。當他看著理容鏡前那個神清氣爽的自己，還非常得意對著鏡子喊了一聲：「好久不見了，吳總監！」

他西裝革履提著一疊資料，再次回到智企文化，進門後就跟櫃台的接待小姐表明來意：「我叫吳彥基，是廣告企劃部新來的經理，要找人事部報到。」

那位接待小姐表情有點納悶，轉過頭問了問正在打字的另一位女子：「廣告企劃部？我們有這個部門嗎？」對方搖了搖頭回答：「是要找智企雜誌的廣告業務部嗎？」

「我不是很確定部門的名稱，不過妳跟人事部知會一聲，他們肯定知道我是誰。」

那位小姐滿臉狐疑，抓起話筒按了幾下總機按鈕：「劉主任，外頭有一位吳先生，他說是廣告企劃部新來的經理，要跟你們人事部報到……對呀，我也是這樣跟他說的……」

沒有幾分鐘後，就出現一位穿著打扮樸素的中年婦女，想必就是那位劉主任。她用一種奇怪的眼光看著彥基：「先生，我們公司沒有你說的那個部門喔，而且這兩個月以來也沒有招聘過任何主管，你會不會是跑錯樓層了？」

「智企文化，沒錯呀？我那天是和賈副總面談的，就是那位身材高高，年約三十多歲的女主管，她那天穿著一套米白色洋裝，頭髮還紮成一個髮髻。她錄用我之後，還交給我這疊外文資料研讀，妳看看！」他急忙將那疊資料放在櫃台上翻給對方看。

那位劉主任邊翻閱邊說：「這是我們公司的資料沒錯，可是……我們並沒有什麼賈副總呀？曾副總倒是有一位，不過他可是個男的，我們也沒見過他穿洋裝喔？」

櫃台裡的三位小姐都摀著嘴輕聲笑了出來。

「我那天來面試的時候三位小姐也在，難道妳們不記得我了？」

那幾位女子露出一種茫然的眼神端詳著他，還相互望了一望後，都不約而同搖了搖頭。

他想到那天根本沒有機會走到櫃台前，就已經先被那位賈副總給攔下來了，她們當然沒有機會看到他的長相，又怎麼可能會記得他這號人物？正當他毫無頭緒陷入這種羅生門的怪事時，突然想起還有另一個人，也許可以勾起這幾位接待小姐的記憶，證明他並不是在發神經，也不是在說夢話。

「那天跟我一起等待面試的，還有另一位打扮很新潮的男子，穿著一件有腰帶的紫色西裝外套，和窄筒的白色長褲，還搭配了一雙漆皮的鉚釘短靴，我應該是在他前後和賈副總面試的。」他努力回想著那位男子的穿著打扮，還比手畫腳指著紫衣男子坐過的那張沙發。

她們全都像恍然大悟想到了什麼，其中一位還馬上接話：「那位先生是夢爵士老師吧？他根本不是來面試什麼的，而是我們公司的簽約作家啦！」

正當他還以為可以將這烏龍夢境打破時，聽到的答案卻讓他大失所望：「孟⋯覺世？孟覺世⋯⋯」

他覺得那個名字非常耳熟，才頓時想到在開屏當電銷人員時，那一位牙尖嘴利辱罵他的傲客：「劉—金—旺！他的本名是不是叫劉金旺？」

那位劉主任立刻對三位接待小姐使了個眼色，像是在示意她們不准亂說話：「實在很抱歉，這個問題我們無法回答你，因為牽涉到作家們的個人隱私⋯⋯」

「好了，妳們不需要回答，我知道這些全是那個劉金旺搞的鬼！今天算是栽在他手裡，我認了！也不好意思打擾到幾位……」

他話才說完就氣沖沖走出那間自以為是新東家的出版社，心中除了憤怒還夾雜著絕望、失落、破滅、悲痛與萬念俱灰。就像才剛剛登上101的觀景台，興奮地眺望著無窮無盡的光明未來時，卻冷不防被人一腳給踹了下來，重重摔在信義路上任來往人車無情地踐踏而過。

為什麼會有那麼惡毒的人？竟然利用他最迫切想得到的工作機會，來欺騙他、毀滅他。就算他曾經訂了三十個比薩、六個臭臭鍋，和十份臭豆腐惡整過劉金旺，也是因為他出言傷人在先。怎麼就有這種自以為是、狗眼看人低是廢物作家，在出言不遜後還不懂得檢討，反而是想盡辦法一報還一報！

「民生東路八段三百二十八號五樓之一？之二？」他的腦中浮起那個在比薩大叔網站輸入過、在電話裡報給鍋皇連鎖店的地址，可是卻怎麼也記不起來到底是五樓之一？還是五樓之二？

內心的悲憤完全淹沒了平日的理智，他決定要殺到那棟大樓去，兩個門號都去闖闖看，絕對要活逮到那個劉金旺，當面和他講清楚或者狠狠給他一記老拳。

他騎著摩托車找到了腦海中那個地址的所在地，那是一棟看起來還蠻新的住宅大樓，入口處有兩扇鏤空雕花的豪華鐵門，旁邊還有個門禁森嚴的警衛室。他站在一旁觀察了好一陣子，心裡盤算著該如何才能順利闖關，直搗那個紫色老賊的窩，沒多久才放膽往那兩扇鐵門走去。

「先生你好，我是智企文化的編輯，要送印刷打樣給劉金旺先生過目，就是三百二十八號五樓的那個作家劉先生啦！」彥基堆著滿臉的笑容，還隔著鐵門舉了舉公事包，好像裡面真有什麼機密的打樣稿。

「你是說那個大作家夢爵士呀！他又要出新書了嗎？我太太也是他的忠實讀者呢……」那位年輕的警衛可能看他穿著一身西裝人模人樣，毫無防備就按下了開啟鐵門的按鈕，還裝熟捻似地囉嗦了好幾句。

彥基馬上將食指抵住雙唇，嚴肅地噓了一聲：「你小聲點，劉先生不喜歡人家知道他的真實身分，你這門衛是怎麼當的呀？」

他得了便宜還賣乖，反聲制止住那位嘮叨的警衛，然後一派優閒穿過中庭花園，走進三百二十八號的那一棟樓。上了樓走出電梯後，一眼就看到左邊第一間的門牌是五樓之二，再隔壁一間則是五樓之一，他斟酌了許久索性先按了第一間的門鈴。反正如果不是劉金旺應門，他再道個歉賠不是也很稀疏平常。

沒多久他就聽到門內有脫鞋走近的聲音，同時還有位女子嬌嗔的說話聲：「誰呀？冉大大嗎？」

那扇門一下子就打開了，可是門裡門外的兩人卻同時震驚無比。

彥基失聲喊了出來：「假副總！」柔涓一看到是他，趕忙將門給關上：「你……你認錯人了！」不過卻被他用身體給擋了下來。

「妳不要裝了，妳就是那個假副總，快叫那個劉金旺或什麼孟覺世的出來講清楚！妳這樣幫著他騙人、傷人……實在太過份了！」

可是門後面卻沒有任何回應，他朝著用肩膀抵住的那道門縫繼續罵道：「妳把我這麼個處處碰壁的失業男騙得團團轉，你們就會活得更開心、更得意嗎？妳的良心就不會有任何譴責嗎？就不怕會有報應？」

門內許久都沒有聲音，幾秒鐘後原本死命被堵住的門才鬆了開，柔涓低著頭默默從裡面走了出來：「你跟我來！」她領著彥基往隔壁走了去，然後不斷拍著另一扇大門。

「阿夢，阿夢，開門呀！是柔柔姊啦！」

拍了十幾聲後，門才終於打開：「什麼事呀？我忙了整個晚上和凌晨，才剛剛上床睡覺耶。」

「你……你們兩個自己去談吧！」柔涓神情古怪看了夢爵士一眼，便往後退了一步。

只見彥基從門邊一個箭步走了出來，右手一把就揪在夢爵士的T恤領口：「你就是那個大變態劉金旺？」

夢爵士嚇得簡直快大小便失禁，臉孔扭曲地盯著眼前這位滿臉通紅的男子：「你是誰呀……我不認識你……你快放手喔……不然我報警了！」

「你少給我裝蒜！」彥基迅雷不及掩耳一個左勾拳，就將他給打得人仰馬翻。

柔涓尖叫了一聲，迅速衝上去想扶起夢爵士，卻被彥基一掌給推了開。

「西─城─銀─行─您─好，我是特地來將你這個自以為是的廢物作家打得落花流水，讓你知道做人不能欺—人—太—甚！」彥基舉起玄關鞋櫃旁的椅子，正作勢要往他身上砸去。

「你住手！是你先訂了一堆臭氣熏天的東西送到我家，還害我差一點就被幫派份子圍毆，我也受到精神傷害呀！我也是受害者呀！」夢爵士像條可憐的草蝦蜷伏在地上，眼淚幾乎就快要飆出來了。

「你還敢牙尖嘴利？要不是你這張賤嘴在電話裡惡言相向，罵我人渣、敗類……會惹惱我嗎？」

彥基放下椅子跑到夢爵士身邊憤怒地用腳踹他：「你以為電話行銷員就不是人呀！電話行銷員就願意去擾人清夢呀！就應該讓你踐踏自尊呀……」

「住手！再踢下去會出人命的！」柔涓用盡全身力氣將彥基一把推開。

就在此時，被踹得眼冒金星的夢爵士，卻在倉皇中從沙發底下抓起了一把電蚊拍，奮力站了起來，同時按著把柄上的電源鈕不放，就往彥基的頭髮蓋了下去。

「你活該！你自找的！你可以惡搞我，我就不能整你嗎？」

彥基的頭髮被電得劈里啪啦響，還發出一種刺鼻的燒焦味。他忍著那種發麻的感覺，睜著充滿血絲的猙獰雙眼，正想朝夢爵士再揮一拳時，卻被柔涓迅速搶下那支電蚊拍，往地下狠狠地砸爛，還堵在兩個人之間，雙手撐住他們的胸口。

「可不可以別再鬧下去了！有什麼事不能好好用講的嗎？」

「是你們兩個把我當猴子耍得團團轉，害我浪費了兩個星期挑燈夜戰，結果還在那間公司丟人現眼，被人家當成是瘋子、精神病，你們現在滿意了吧！」彥基的腦袋頭暈眼花，頭髮也冒著些許白煙，整個人沮喪地靠著牆壁蹲坐著。

柔涓看著彥基，嘆了一口長長的氣：「吳先生，我先向你誠心的道歉，我沒想到這個玩笑會對你造成如此大的傷害，我不應該糊里糊塗跟著阿夢去搞這種飛機。是啦，他那張嘴有時候的確是很惡毒，也從沒有考慮過聽者的感受，可是你一定要相信他並不是那麼壞的人，總之就是刀子嘴豆腐心啦！你也知道他們這種宅男，就是不善於表達啦……」

「柔柔姊，妳幹麻跟他道歉呀？他才是刀子嘴……臭豆腐心耶！他如果沒有整我，我又怎麼可能狗急跳牆去還擊！」

夢爵士聽到柔涓如此低聲下氣，心中著實很不是滋味，有哪個傻子會向衝到家門打人的歹徒鞠躬哈腰的？

「你不要再鬥下去了，自己本來就有錯在先，這樣冤冤相報何時了？你也給我跟吳先生道歉！」

夢爵士像個小孩子似的，根本就當作是沒聽到，還用力甩了頭壓根子不往彥基那裡瞧。

柔涓實在拿他沒辦法，只好勉為其難地說：「這樣好了，吳先生我代替阿夢向你賠不是啦，你也是個飽讀詩書的讀書人，就不要跟他這種二十出頭的小毛頭計較了，好不好啦？」

彥基皺著眉揉著頭髮，其實剛才那一陣拳打腳踢，他的火氣早已消了一大半：「算了，我知道自己也有不對之處，應該要付起一半的責任，那麼我先向劉先生道歉吧！」

「劉金旺，對—不—起！我的確不該一時衝動訂了那麼多比薩和臭臭鍋送到你家，你只要讓我知道一共付了多少錢，我會想辦法還給你。」

夢爵士睜著圓圓的眼睛著實有點詫異，到底是自己的修為太差了，還是大家真的都比他會做人？怎麼最近老是碰到這種喜歡跟人道歉的怪咖？他的劣根性壓根子受不了如此的溫情場面！

「好啦好啦，我的確是不懂得如何應對進退，才會時常言多必失、多言多敗。如果我在電話裡傷過你的自尊心，我也跟你說聲對…對不…起！唉喲，好肉麻呀！我們這下子算是扯平了，可不可以？還有，求求你別再叫我劉金旺了！」

柔涓總算鬆了一口氣，又露出她那種老牌玉女的清純笑容：「太好了，我就說很多事情都講得通嘛，所謂以和為貴才是現代人該有的氣度呀！」

「以和為貴？我還國恩家慶咧！柔柔姊妳怎麼連鄉土劇的台詞都搬出來了啦！」

彥基牽了一下嘴角，又回復他平日溫文儒雅的笑容，拍了拍西裝上的灰塵後就緩緩起身：「那就這樣子吧，我也不多打擾了。夢爵士你肯定有我的手機號碼，有空就把我該付的錢算一算，打電話通知我，我一定會找時間送過來。」

當他正準備開門離去時，夢爵士看著他落寞的背影，實在覺得有點過意不去，竟然泛起人生中「空前未有」的惻隱之心。

「等一下，我不敢確定你的前一個工作是不是被我搞砸的，不過我今天的惡作劇的確讓你飽受求職夢碎的心理打擊。我在想……如果你這位工商管理碩士不嫌棄的話，在還沒有找到工作這段期間，能不能來幫我一陣子？」

「好啦！我的意思是……我是個尖酸、刻薄、易怒，又不懂得與普羅大眾交際應酬的宅男作家，就好比是一隻滿身帶刺的驕傲刺蝟，時常會在無意中得罪了出版社、記者或讀者。因此，我需要一位在這方面比較圓滑的人，可以幫我與出版社或電影公司協調，和媒體記者溝通或跟粉絲們互動……之類的潤滑劑角色！」

「甚至代我處理官網、部落格、臉書或微博上的更新與回應！如此，我就可以將心思完全放在寫作上，不需要再去擔心自己的心直口快，會讓夢爵士的名聲越來越差。」

「那個叫經紀人啦！你是要吳先生當你的作家經紀人嗎？」被柔涓這麼一點，彥基倒是有了點概念。

「就算是我……麻煩你，來幫忙我搞好目前一蹋糊塗的人際關係，可以嗎？」

彥基聽夢爵士如此坦誠剖析自己的缺點，又那麼謙虛地懇求他，歪著頭想了一想。

「可以是可以，不過我只是先試試而已喔！」

XI 安寧病房的不速之客

楊偉戈提著一只超豪華的水蜜桃禮盒，領著三位十六、七歲的少年走在台康醫院的走廊，快要接近護士站時還回過頭耳提面命了幾句：「三號，你待會跟我一起進病房，一號和二號你們兩個就在這裡留守，不要到處亂跑嚇到病人了！」

被喚作一號的那位年輕人面帶難色：「大戈，可不可以別用號碼來叫我們呀？我們也不是在髮廊裡『汪三』或『勞沖』的髮弟……」

另一位長得眉清目秀的少年也附和：「對呀，我也不想當三號珍珍！」

「囉嗦啦！令北哪記得住你們這三隻猴囝仔的名字？我說你是一號就是一號！」

偉戈狠狠瞪了他們一眼，就頭也不回地領著三號走進其中一間病房，還盡量收起剛剛那付職業惡霸的面孔，擠出一種善男信女才有的虛偽笑容。

自以為瀟灑的二號靠在牆邊，嘴裡還咬著一根牙籤不停地笑著：「不錯了啦，大戈沒有叫你『零號』就很偷笑了！」

「靠！你這個二號髮弟再給我雞歪，我就告訴大戈……你都稱他是『陽痿哥』！」

這三位商校汽修科的中輟生，都是偉戈最近才從網咖裡吸收回來的小弟，目的就是要多栽培一些能逞兇鬥狠的古惑仔，協助他這個新組織迅速擴張版圖。這已經是偉戈招回來的第五批新血了，剛開始他還有心思幫他們取個小團名，什麼「捧捧堂」、「灰輪派」或「花男黨」，可是小弟們汰舊換新的速度實在太快了，搞到後來他乾脆就以號碼來喊人。

畢竟這些小鬼頭都有中途輟學的惡習，當然也會有撐不下就中途「輟幫派」的劣根性。

「令北什麼大條案子沒有幹過？竊盜、詐騙、恐嚇、勒索、綁架、搶劫……你們數得出來的我都有前科案底啦！以前還為了山貓幫在監獄裡進進出出了十五年，我楊偉戈現在照樣還是一尾活龍好漢！」

每次要呼攏這些年幼無知的青少年時，他總會搬出那套歷經過大風大浪的英雄說詞，將那些孩子唬得一愣一愣，還真以為是跟到了什麼叱吒風雲的角頭人物，期待有朝一日也能成為呼風喚雨的黑幫成員，與偉戈一同出生入死、和幫派火拼爭權、與警方鬥智耍狠，或者在漫天烽火的爆炸場景裡，穿著帥氣的風衣、手握著雙槍，從赤焰之中慢動作瀟灑地大步走出來。

心中有夢最美，這當然也是每位黑幫小弟最壯烈、最英勇的人生志向！

結果，偉戈要他們作的卻只是一些偷雞摸狗、小鼻子小眼睛的勾當。什麼詐騙小學生的線上遊戲帳戶、盜領玩家的虛擬金幣、在夜市前搞些假車禍真勒索，或者在郵局門口喬裝成身懷鉅款的白癡，欺騙貪財的老人家們上鉤……說穿了這個什麼新組織，根本就是個不成氣候的「金光黨」或「詐騙集團」。

尤其是前幾批小弟挖出偉戈的真實底細後，根本就沒有人願意再去鳥他這種肉咖了。因為當年他在山貓幫時不但不是什麼狠腳色，還是個打群架時會落跑、手握西瓜刀時會小便失禁、討債時會緊張得將紅油漆打翻在身上的「吸拉仔」，才沒幾個星期就被山貓幫的大叔們給逐出幫派了。

不過這麼多年來，他卻還是以「前山貓幫」的幕後英雄招搖撞騙。他當然也從來沒有真正入過監，頂多曾經偷過幾條女人底褲，在失風後被關過幾天，還在看守所裡被瞧不起他的同房強姦犯給作掉了，痛失了他僅剩的斷背童貞。

這些丟人現眼的真相被挖出來後，他親手栽培的那些小弟哪可能繼續聽命於他的頤指氣使？不但在背後將他當成笑話大肆宣傳，還在他面前全給扯了出來羞辱他，然後一夥小弟都轉而投效真正的山貓幫旗下。現在的偉戈只能在網咖或廟口騙騙那些涉世未深的中輟生，讓他們幫著去幹些詐騙小學生或老人家的低層次勾當。

而胡靚妹也是他虎視眈眈的老人家之一。

早在她未進醫院之前，還在五分埔經營日韓服飾店時，偉戈就盯上了這位和藹可親又頗有同情心的獨居老婦人。他曾經以介紹設計公司幫她建構網站為由，或是以手頭週轉不靈作為幌子，陸陸續續從胡靚妹手中騙過好幾筆小錢。不過，她總是很乾脆地揮揮手不去跟他計較，還苦口婆心勸他要認真打拼，不要繼續成天游手好閒下去。

當然，他從沒將那些話當成一回事，反而更利用她的善良三不五時就騙些零碎錢餬口。直到他得知胡靚妹罹患肝癌末期進了這家醫院，還放棄治療轉進了安寧病房裡等死，偉戈才像是等到了千載難逢的機會，決定要想盡辦法在她身上狠狠海撈一筆。

他聽說胡靚妹在台北美軍招待所時期，曾是個小有名氣的俱樂部女歌手，美軍顧問團撤退後她淪為酒吧裡的吧女。十多年後才從良經營起舶來品服飾生意，開業初期還是靠那些從事特種營業的姊妹淘們捧場，才能將跑單幫的小生意搞得有聲有色。直到這幾年，才開始轉型專營年輕人喜愛的日韓系流行服飾。

偉戈認定胡靚妹這幾十年來的奮鬥，肯定為她賺得不少財富，不然怎麼可能住得起這種需要自付醫療與看護費的安寧病房？況且，他從周遭店家所打聽來的消息，從來就沒人聽過她有任何親人，如果就這樣子讓那位身懷鉅款的老女人一命嗚呼，不就便宜了那些銀行或慈善機構嗎？因此他更要使出渾身解數拉攏、討好胡靚妹，好在她臨終之前能多刮點油水。

「靚阿姨，妳怎麼一個人在房裡發呆？連午餐都還沒有碰呀！」偉戈刻意掐著嗓子輕聲細語說著話，和他那張毛細孔粗大、角質層過厚的惡霸臉實在很不相襯，怎麼聽都格格不入。

他轉過身使喚了三號：「阿青，你幫忙餵一餵你乾媽，小心要先把雞骨頭全都挑出來，不然老人家會不小心噎到喔，還有待會也切幾顆水蜜桃給乾媽嚐嚐！」

那位少年喔了一聲，還有點納悶自己什麼時候又變成「阿青」了。

「怎麼我不記得自己當乾媽？你又在搞什麼苔疙代誌了？」本來還在欣賞窗外風景的胡靚妹，回過頭有點莫名其妙地看著偉戈和三號。

「沒有啦……啊就這幾次阿青陪著我來探望妳，直說靚阿姨是位非常和藹可親的長輩，回去之後就一直吵著想要妳當他的乾媽！他阿母小時候就跟客兄跑了，一直都是我這個單親阿爸一手帶大的，所以缺乏母愛啦！我跟他說妳一定不會計較多收一個乾兒子，就先答應他了。」

「靚阿姨以後有什麼需要，都可以隨便差遣這個小鬼啦！」偉戈靠著臨場反應自編自導，還順手將三號拉到胡靚妹跟前，壓了壓他的頭喊著：「你啞狗喔？快點叫乾媽呀！」

胡靚妹倒是沒什麼不快，只是盯著三號的臉有點懷疑地問：「這是你兒子嗎？怎麼和上次長得完全不一樣？之前不是很喜歡裝酷咬著一根牙籤嗎？現在怎麼看起來就像個小女生？」

「啊就……少年郎還在發育嘛，臉型總會時常變來變去，而且他的頭髮最近也留長了，才會看起來不太一樣啦！」

偉戈此時才突然想起，前幾次扮他兒子的好像都是二號，這次他卻粗心大意拉了三號進來！儘管他想盡辦法自圓其說掰了過去，還是很不爽地瞪了三號一眼，彷彿被糊里糊塗拉進來當人家兒子和乾兒子，也是三號惹的禍。

「靚阿姨，我先說重要的事情。妳上次說的那個在西雅圖的『布萊恩・亞當斯』，我在美國的朋友已經幫妳搭上線，找到連絡電話和地址了喔！」

她的表情頓了一下，才終於反應過來：「是住在舊金山的萊恩・堅肯斯啦！」

「對啦對啦，我英文不好每次都唸不對名字，是舊金山沒錯！不過我朋友說他從部隊退伍後就搬到西雅圖了，所以吩咐我來拍幾張妳的照片，等他有空到西雅圖與那個萊恩什麼的會面，就可以拿著妳的照片給對方指認啦！不過要坐飛機過去……我朋友的手頭也不是很充裕……」

胡靚妹聽得出他話中的含意，就直接了當問他：「你這次想要多少錢？」

「呵呵，從洛杉磯飛到西雅圖的來回機票，再加上住幾晚便宜汽車旅館的費用，差不多也要個美金千把元吧？大概就是台幣三萬多塊啦。」

胡靚妹也搞不清楚自己為什麼從來不去揭穿偉戈？儘管他每次的謊言都破綻百出，卻還是任由他胡謅亂扯。或許她也認為自己只剩下半年的壽命，手邊僅剩那些不多不少的首飾與積蓄也沒機會可花了，不如就當作是變相的救濟，讓這個窮途末路的小騙子有點錢可以過活吧。

每次看到偉戈，她就會聯想起自己的親生兒子。要是奧立佛還在她身邊，可能也差不多是這個歲數吧？民國五十七年生的，如今應該也有四十多歲了。不過少了她這個母親在身邊庇佑，她希望兒子也曾遇到過一些貴人長輩如此關照他。

她揮了揮手示意他們回過頭背對她，然後伸手到屁股底下的床墊夾層，抽出了一個皺巴巴的牛皮紙袋，迅速從裡面挑了一條純金的項鍊。

「我不知道這條金項鍊值不值那些錢啦，你就跟『你那位朋友』說，阿桑只剩下這些錢了，請他一定要省吃儉用，不要拿到錢就亂亂花！」她將項鍊遞了過去，目光直視著偉戈的瞳孔深處，彷彿想讓他搞清楚，那些話其實是對他說的。

「會啦，我一定會叮嚀他謹慎使用！現在就幫妳拍幾張美美的照片伊媚兒給他，妳坐著不要動喔……對，就是這樣子……看著鏡頭笑一個……」他刻意避開了胡靚妹的視線，拿起了手機顧左右而言他，只希望能盡快沖淡內心浮起的那一絲罪惡感。

胡靚妹從來沒有想到，四十多年前和兒子在高雄鳳山的那一別，竟然會是這輩子最後一次見面。

當年她回到台北後，毅然決然跟著悌悌下海當吧女，就是希望能盡快存到錢接兒子回身邊。所以，不管是日本客、台灣客或是榮民老兵，她從來不會去挑三揀四；無論是帶出場、進賓館或性虐待的特殊要求，她也會咬緊牙關硬著頭皮作下去，因為唯有其他吧女所不願意去忍受的那些皮肉生意，才能為她帶來更多、更快的進帳。

在那個電話還不普及的年代，她曾經每兩個星期就寫一封信寄給美幸與兒子，剛開始的幾個月還曾經接過他們的回信，告知奧立佛一切無恙也適應了南部的生活。可是幾封信之後就漸漸沒有任何回音了，最後甚至音訊全無。

半年多後，她滿懷著興奮的心情，帶著要給美幸夫婦的酬謝金與兒子的玩具及新衣服，回到鳳山準備接回奧立佛，卻發現那個地址早已人去樓空。她發狂似地詢問附近的街坊鄰居，卻無人知曉那一對夫婦的下落，也沒有人記得他們是什麼時候搬走的。

胡靚妹連夜奔赴游美幸在屏東的娘家，她的父母與兄姐只是告訴她，美幸可能是陪著夫婿到東南亞作生意了。至於詳細地點是在印尼、馬來西亞或新加坡也不是很清楚，只知道他們夫婦倆欠了親友們一屁股債，從此行蹤不明完全失聯。

有人說，他們帶著那個小男孩一起到東南亞打拼；也有人說，他們落魄到將孩子偷偷賣給有錢人家；更有人信誓旦旦指出，游美幸肯定是透過管道聯絡到孩子的美國父親，讓對方將奧立佛帶回了美國，搞不好還賺了一筆為數不小的答謝金。

可是，胡靚妹怎麼也不相信，一向待人誠懇的美幸和忠厚老實的阿金，怎麼可能會做出那種拆散骨肉、傷天害理的事情！

往後的十多年裡，她仍然沒有放棄連絡美幸娘家，只希望能掌握到他們夫婦倆的任何消息，可是每一次的答案總是令她跌入更深的谷底。她曾經從南到北各處張貼尋找失蹤兒的紅紙條，也不放過任何年齡與兒子相仿的混血男童通報線索，但是在那幾千名被美國大兵遺棄的台美混血兒中，卻沒有一個是她的奧立佛。

幾位嫁到美國的姊妹淘，也試過幫她打電話詢問加州白頁（White Page）上所有叫作萊恩・堅肯斯的男子，結果同名男子中也沒有一位曾到過台灣。她還查詢過賽珍珠基金會，他們那幾年協助返美的戰後台美混血兒名單中，並沒有一位叫奧立佛・堅肯斯的男童。

就這樣幾十年過去了，她卻沒有一天忘記過奧立佛。過往每次到香港或東南亞跑單幫時，只要在異國的街頭見到混血的年輕男子，她就會不由自主停下腳步，傻傻地站在遠處凝視著對方，彷彿想從他們身上尋找到任何奧立佛的影子。有時，她還會突兀地請教對方的姓名，卻總是換來對方莫名其妙的白眼，將她當成是個花癡或瘋女人。

當胡靚妹得知自己的肝臟右葉罹患了瀰漫性肝癌，頂多只剩下半年左右的生命，她才總算覺悟到這輩子應該再也沒機會見到奧立佛了，與其在人世間如此煎熬地空等下去，她寧願選擇來世再以其他方式與兒子重逢。

入院後她的健康狀況時好時壞，還曾經腹積水好幾個星期，連正常的三餐也完全沒有食慾。當時只能靠著血袋與蛋白質維持體力，就算院方開了利尿劑給她服用，情況也沒有好轉多少。她猜得出來主治醫師幾乎就快無計可施了，也不想繼續去承受那些痛苦的化療或標靶治療，才提出了要轉進安寧病房的請求，只希望可以平平靜靜的離開人世。

畢竟，她已經走過那麼痛苦的一段人生，更不願意在嚥下最後一口氣時，仍然要帶著痛苦而去。

不過在她轉進安寧病房之後，那些病魔所帶給她的折磨感卻奇蹟般的漸漸舒緩。或許是不需要再為活下去而搏鬥，也沒有親人苦求她要與病痛對抗的壓力，她反而在最靠近天堂的這些日子，更清醒、更心平氣和的面對自己，回顧生命中曾經擁有過的一切美好回憶。

每當她望著窗外灰濛濛的台北街景，哼著那些已經快忘得差不多的英文經典老歌時，內心還是會泛起一股莫名的衝動。幻想著有一天還能重回到屏東老家的海邊，站在烈日當空的豔陽下，像童年時那樣無憂無慮的對著大海歌唱，讓歌聲淹沒在潮起潮落的浪花底下，隨著海水悄悄將它們帶往另一個不知名的國度。

可是，當她回過神之後，總會無奈地告訴自己，那又是一個遙不可及的願望。

XII 惡霸臉的少女心事

柔涓、夢爵士和彥基坐在計程車裡，在車水馬龍的車陣裡走走停停了十多分鐘，卻怎麼也到不了就在前面幾條街的台康醫院。夢爵士坐在後座有點不耐煩地看了看手錶，又東張西望盯著前方的路況，可是遠處的壅塞依然紋風不動。

「搞什麼呀！塞這麼久？前面是不是有車禍？」

彥基在前座連頭也沒有回，氣定神閒地說：「你肯定很少出門吧？今天是周末假期，這附近本來就會這樣。」

「阿夢，你上次不是說要請你那位駭客朋友，幫靚阿姨上網查一查她兒子的資料，結果有沒有任何蛛絲馬跡呀？」柔涓一邊用吸油紙壓著有些油光的前額和鼻頭，一邊歪著頭問身邊的夢爵士。

「對喔，我差一點忘了！」

他馬上在螢光綠的背包裡翻了半天，才抽出一個淺紫色的透明L夾，將幾張A4大小的紙遞給了柔涓，還望了一眼「運將」的背影，壓低了嗓門說：「其實阿Hi也不是老老實實在網上搜尋的啦，而是駭進了戶政事務所和幾家報社的資料庫，找到了一些和『胡思恩』這個名字有關聯的戶籍資料與新聞檔案。」

「阿Hi比對過各縣市的資料庫，全台灣叫作胡思恩的人至少有八十多位，去掉五十幾位是女性，還有近三十位男性是叫這個名字。如果妳那位靚阿姨沒記錯的話，他兒子確實是在民國五十七年出生，那一年就有四位叫胡思恩的新生兒申報戶口。」

柔涓的眼睛一亮，興奮地說：「這樣就好辦事了呀！只要知道靚阿姨她兒子確實的出生日期，再查查這幾位同名同姓的男子哪個是混血兒，就不難找到奧立佛了嘛！」

「答錯，戶籍資料上哪會記載誰是混血兒或過動兒呀？她當年幫兒子報戶口時肯定是填寫『父不詳』或其他人的姓名，那樣就看不出父親是不是外籍人士了呀。最重要的是，小孩被游美幸收養的期間，是不是有透過任何管道改過名字或遷過戶口？我們就不得而知了。那些都是四十多年前人工手抄的紙上作業，自從戶政業務電腦化之後，許多陳年檔案也不見得會被完整收錄到電子檔，因此很難斷定這四位胡思恩裡，哪一個才是奧立佛，也或許他根本早就不叫那個名字了。」

「要是奧立佛真被改過名字、遷過戶籍，又被游美幸夫婦帶到東南亞，或送回他美國父親的身邊……那麼靚阿姨豈不是在臨終前，也無法見到失散多年的兒子？」

柔涓皺著眉頭，想起胡靚妹孤獨的身影躺在空蕩蕩的病房裡，心裡就有一股說不出的無力感。

夢爵士看著那幾張紙頭，也開始陷入了沉思。自從柔涓將在醫院裡遇見胡靚妹的事情，告訴了他和彥基之後，他就被這位老婦人與美國士官的愛情故事給深深吸引住了，還認為如果能改編成一部長篇小說，肯定可以賺得許多女性讀者的熱淚。

可是，已經瀕臨死亡邊緣的胡靚妹，在歷經四十多年的等待歲月，最後卻仍懷著失去愛兒的遺憾離開人世，這種沒有結局的結局並不是他想寫的，所以才會格外熱心幫著柔涓，為那位癌末的老婦人圓人生最後的一個夢。

「你剛才不是說阿Hi也入侵過報社的資料庫，難道駭到了什麼新聞存檔？」彥基的手攀在椅背上轉過頭望著後座的他們，對夢爵士手邊那疊資料更是充滿了好奇心。

「喏，就是這些古老的電子剪報，全都是四十多年來出現過胡思恩這個關鍵字的社會新聞。」夢爵士順手將整個L夾遞給了他。

彥基仔細讀著紙上列印的每一則新聞：「民國七十四年六月三日，宜蘭縣警局破獲一起旅社非法聚賭案，當場逮捕多名賭客與兩名主事者張金秋、胡思恩……；民國七十六年二月十二日，台中市警方追查到一個專在地下舞廳販毒的集團，當場逮捕了毒販劉克敬、胡思恩、顏勇標……；民國七十七年十二月二十六日，花蓮市城隍廟附近發生鬥毆事件，兩男一女遭砍傷送醫，警方循線傳喚涉嫌男子胡思恩到案說明，並依傷害罪將之函送法辦……」

他低著頭繼續翻看，嘴邊還不由自主喃著：「哇，這幾十則剪報都不是什麼正面新聞，不過至少可以確定這些城市曾經有幾位叫胡思恩的人出沒過，或許他們根本就是同一個人？也可能是某位胡思恩這些年來的行蹤歷程！」

「與其這樣紙上談兵，最快的方法應該是到這些地方走訪看看。如果真有那麼個混血兒長相的男子，曾經在這些地點生活過，總該有警員或當地人會有些印象吧？」柔涓眉頭深鎖望著彥基和夢爵士，他們也點了點頭贊同她的推斷。

計程車總算停在台康醫院的大門口。他們都下了車後，柔涓才回過神上下打量著夢爵士：「哇，你出門都要打扮得這麼繽紛絢爛嗎？還真不愧是個視覺系的宅男作家！」

夢爵士前額挑染了幾撮湛藍色的瀏海，上身搭配著一件同色系的藍色宮廷式外套和貴族風領巾，衣領和外翻的袖口還滾了一圈金色的仿皇家圖紋，下身則是純白的緊身牛仔褲配上一雙長筒的摺口馬靴。看起來活脫是從動漫Cosplay大賽裡跳出來的冒牌王子。

「我幾百年才有機會出門一次，總要讓我消耗一下這些在網拍站買回來的行頭嘛！而且我這身裝扮會很奇怪嗎？有嗎？」夢爵士張開雙臂，慌張地端詳著身上的衣服。

柔涓和彥基對望了一眼，都異口同聲回答：「沒有沒有！」

彥基也不忘補上一句：「很適合穿出來探病，可以綵衣娛親啦！」

他們上了五樓的安寧病房，在走進胡靚妹的房間之前，就已經聽到裡面傳來她說話的聲音。

「都說過我是信天主的，早就申請到三峽的天主教墓園了，你怎麼還強迫我去住那種金光閃閃的靈骨塔啦！」

還有另一位男子的嗓音，語調有點裝腔作勢地低聲嘮叨著：「靚阿姨，我好不容易才拜託朋友爭取到這個免費塔位，一般的市價可都要上百萬呢！那裡風水好、環境佳、龍盤虎踞、地靈人傑。妳那個位置前的落地窗，還可以遠眺到大台北景觀，連101大樓也能盡收眼底，根本就是極樂世界的帝寶。妳只要在這一欄簽上名，再簡單蓋個指印，我朋友就可以幫妳向公司申請獨居老人的助款方案，然後儘快辦理過戶的手續。」

原來，病房內是楊偉戈正眉飛色舞說得煞有其事，還不斷將紙筆及印台推到胡靚妹面前。

她一臉不耐煩地喃著：「人死了就死了，哪還有眼再去看什麼大台北景觀或101大樓？又是你哪一位朋友這麼大方呀？如果真要免費送給我，幹麻除了簽名還要我蓋指印？又不是在演包青天畫押認罪！」

「蓋什麼指印？」柔涓站在門外聽了許久，才終於領著夢爵士和彥基不動聲色走到胡靚妹的床邊，還很從容的將床頭邊的花瓶換上了新買的香水百合。

「要申請什麼呀？我很少聽說有申請表格需要蓋指印的吧？」

「阿偉說他朋友的公司有免費塔位可以讓獨居老人申請……」胡靚妹的話都還沒講完，偉戈就匆匆收起桌上的紙筆和印台，支支吾吾地說：「靚阿姨既然有客人，那麼我乾脆改天再來向妳說明吧。」

不過柔涓卻以迅雷不及掩耳的速度壓住了那兩張表格，還拿起來看了半晌：「玉璽山股份有『線』公司？老人優惠專『按』申請表？呵呵，這份表格有那麼多錯字，該不會是你自己打的吧？」

「臭查某，妳在瘋言瘋語什麼？怎麼可以隨便搶人家的東西？快給令北還來！」正當偉戈兇神惡煞想搶回那幾張表格時，柔涓早已迅速傳給了身邊的彥基。

「怎麼會不關我的事？這醫院裡任何人要靚阿姨簽字或蓋章，都需要我們這些眼明的朋友幫忙過目，不然我怎麼知道是不是什麼販賣器官的同意書？」

偉戈的臉突然沉了下來，眼神隱約閃過慌張與惶恐：「算了，令北不跟妳吵了！你們要就拿去啦！」

正當他轉身想開溜時，卻讓彥基給叫了住：「幹嘛急著走呀？」

他在一旁仔細端詳著那兩張紙頭，對著光線前後翻來覆去看了老半天，才幽幽地說：「難道你是心裡有鬼？怕騙人的把戲被當場拆穿？」

「你講嘿係蝦咪囂話？是不是也跟她一樣花轟了？」

彥基高高舉起了其中一張表格，用食指和拇指在紙張邊緣摳了半天，才終於將那張表格像撕貼紙似地撕成了前後兩張。原來那張表格竟然暗藏玄機，以美工噴膠將兩張超薄的A4紙天衣無縫地黏成一張。更令人詫異的是，夾層裡還藏著另一張小紙頭，不偏不倚就黏在簽名框的背面，而表格上的那個框根本就是挖空的。

那挖空的框格邊緣，可能是用小推子之類的美術工具推壓過，手指摸起來才會非常的平整，因此不容易察覺是被動過了手腳。不過彥基是看到簽名框內的紙有些色差，才揭穿了楊偉戈的詐騙伎倆。

柔涓驚訝地問：「夾層那張是什麼？」

「本票！要是剛才靚阿姨上了當，在表格上面簽名，甚至蓋過指印後，底下這張本票就成了具有法律效力的票據。靚阿姨必須在票面的指定時間內清償票款，否則執票人就可透過民事訴訟取得執行名義，聲請法院強制查封或凍結靚阿姨的房產及財產，償還對方應得的票款！」

彥基撕下了那張本票，亮出了票面上的文字給柔涓和靚阿姨看。

柔涓一看頓時火冒三丈：「什麼？『憑票准於民國106年九月三十日無條件擔任兌付楊偉戈，新台幣五。百。萬。元。正』！你這個狼心狗肺的傢伙，竟然想如此詐騙一位病危老人的錢，你到底還有沒有良心呀？」

當偉戈正想轉身閃人時，夢爵士早已杵在門口堵住他的去向。門外有兩位路過的護士停下了腳步往裡瞧，他那三位搞不清楚狀況的小跟班也站在門外。偉戈在進退兩難的情況下，自知這次已經無路可逃了，才突然跪了下來向胡靚妹失聲求饒。

「靚阿姨，我對不起妳！我也是因為欠了一屁股債才會出此下策，請妳原諒我吧……」他先前那付假惡霸的猙獰面目頓時盡失，還哭得像個梨花帶淚的小女孩似地。

「不用聽他在那邊裝可憐了，直接打一一九請警察杯杯來抓詐騙集團啦！」夢爵士站在門口幸災樂禍，卻沒發現他身後那幾位中輟生早已開始「皮皮挫」想開溜了。

「沒錯，你這個招搖撞騙的敗類，就直接去跟警察解釋吧！」

柔涓從皮包裡拿出手機準備撥號時，卻讓身旁的胡靚妹抓了一把給制止住：「先等一下……」

胡靚妹按了一下病床的升降遙控鈕，將床的角度調高了一些，坐在那裡沉默了好幾秒後才說：「阿偉，我認識你也快十五年了吧？不管我週遭的朋友對你的評價是如何，或是在你背後講過多少數落的話，我卻從來都沒有將那些事放在心上，因為我知道你的本質並不是那麼壞。可是，你真的認為這些年來你對我說的那些謊話，我會糊塗到毫不知情嗎？」

偉戈連正眼都不敢多瞧胡靚妹一眼，視線像是穿過她的肩頭落在遠遠的窗外：「靚阿姨……」

「我一直認為你也是人生父母養的，會落到這種混吃騙喝的處境，肯定不是你自己願意的。我過往還會睜一隻眼閉一眼，認為被你騙去的那些小錢，就當是變相幫你度過難關，希望你可以照顧好自己、去作點什麼小生意。」

「可是，這些日子以來我才發現我錯了，是我善意的裝聾作啞害了你，將你養成一頭專門招搖撞騙的野獸，連其他老人家的棺材本你也騙得下手，那種錢你怎麼花得安心呀？」

胡靚妹的語氣帶著點沙啞，凹陷的眼眶也泛著濕潤。向來張牙舞爪的楊偉戈，此時卻像一隻作錯事的小狗，跪坐在床下什麼話也說不出來，那顆鋼刷般的小平頭就像稻穗般越垂越低。

「我不敢確定自己是否將對兒子的遺憾轉移在你身上，給予你過多的寬容與關心，才造就了你今天如此對待我。五百萬！你真的認為我這個病痛纏身的老太婆，還能擠得出五百萬嗎？就算我當掉手邊的那包首飾，也不見得籌得出五十萬付給法院呀！你這樣作是不是存心要我嚥下最後一口氣時，也死得不清不白！」

偉戈握著拳頭不斷搥著地板：「靚阿姨，是我不知好歹！我錯了！我錯了……」「我該幫你的都幫了，現在也瞭解無論如何都救不了你這個扶不起的阿斗。我什麼都不想去追究了，你走！你給我滾得遠遠的！永遠不要再讓我看到你！」

胡靚妹的十指緊緊揪著床單，虛弱的身體使盡了力氣喊了出來，瞳孔裡同時充滿著堅定與絕望，橫著心要這個曾經視為是兒輩的男子馬上消失。

「靚阿……」

「不要再說了！你走！」胡靚妹將頭撇了開，毫無焦點地看著窗外灰濛濛的天空，什麼話也不願意再說。

原本還堵在門口的夢爵士有點手足無措，睜著圓圓的眼睛望著柔涓和彥基，像是在問：「就這樣放他走了？」柔涓揚了揚下巴示意讓偉戈走人，他才心不甘情不願讓開了一條路。

偉戈起身後仍然欲走還留，邊走還邊回過頭望著胡靚妹。

可是她卻連看也沒看他一眼，無語地凝視著窗外的景色。低壓的雲層籠罩在高樓林立的台北，遠處的雲腳像被抽了絲的蠶繭，暈出了一絲絲的毛邊，雲霧中偶爾映著些許閃光，城市的另一頭應該正下著雷陣雨，低沉的雷鳴彷彿就像她此刻顫動的心跳。

三個小跟班緊隨著偉戈離開了病房，只剩下胡靚妹和柔涓一夥人。空氣中凝結著尷尬的氣氛，隔了半分多鐘，胡靚妹才像什麼也沒發生似地，回過頭來臉上堆滿了微笑，慈眉善目地看著柔涓。

「怎麼，帶新朋友來給靚阿姨認識呀？」

「啊，我都忘了介紹，這位就是住在我隔壁鼎鼎大名的暢銷作家－夢爵士啦！另一位則是他新上任的公關和經紀人－吳彥基。」

聽到柔涓這麼介紹，夢爵士抓了抓頭客套地說：「靚阿姨叫我們阿夢和彥基就好了！這陣子常聽柔柔姊左一個靚阿姨、右一個靚阿姨，今天才總算見到傳說中台灣第一代的爵士女歌手『CRISTINA』，實在是太榮幸了！」

「見笑啦，什麼爵士女歌手？那都已經是四十幾年前的事了，我現在連ABC都忘得差不多了。你穿得這麼華麗……我看才是真正的『爵士』啦！」靚阿姨靦腆地笑了出來。

每每提及那段風光的陳年舊事，她的眼睛總會閃過一抹美麗的光芒。

「他們倆聽我提及妳年輕時的那些遭遇，都非常感動！阿夢還特地請駭客朋友幫忙，在網上找到很多和奧立佛可能有關的資料……」

「真的！你們知道他現在人在哪裡了？」胡靚妹還沒等柔涓說完，早已驚訝地看著他們三個人，更難掩內心的激動情緒，彷彿頓時被打了一劑強心針。

「我們還不敢確定這些資料裡有沒有他，不過以現在網絡資訊如此發達，只要他沒有改過名字，也沒有離開台灣，要想找到奧立佛的機率會比四十多年前高出許多！」

彥基說完後，隨即拿出那幾份舊新聞的剪報，大致將上面的內容一則一則唸給靚阿姨聽。胡靚妹始終表情凝重正襟危坐，專心聽著每一則新聞。每當彥基唸到「胡思恩」三個字時，她就會揚起眉更仔細聆聽；也有些社會新聞聽得她眉頭深鎖不斷搖頭，不希望那些作奸犯科的記錄真會是自己的兒子。

哪怕真的是奧立佛幹的，她也會將一切的錯歸咎於自己，因為是她的粗心大意，才會讓小小的奧立佛遠離了她的庇護。

當彥基簡明扼要唸完三十多則剪報後，胡靚妹的情緒百感交集：「這些報導全都是發生在宜蘭、台中、花蓮、嘉義或高雄……，怎麼能確定哪個胡思恩才是奧立佛？你們也認為他沒有被美幸帶到東南亞，或被萊恩接回美國嗎？」

柔涓面帶難色瞟了一眼彥基和夢爵士：「我們剛才也討論過，不管怎麼樣都應該先從這幾個城市找起，除非在台灣真的沒有任何著落，我們才想辦法透過網路往國外放消息。」

胡靚妹緩緩閉上雙眼，嘆了一口長長的氣：「我……剩下沒有多少日子了，還不知道等不等得到那一天？」

「靚阿姨，妳別擔心！我們馬上就可以幫妳到這些地方分頭打聽，一定會在最短的時間有所眉目！」彥基走到床邊安撫著胡靚妹，還望了一眼柔涓和夢爵士，像是在取得他們兩位的共識。

夢爵士很乾脆就接話：「是啊，柔柔姊不需要上班，我的寫作也可以在旅途中或旅館裡完成，而彥基幫我和出版社或媒體溝通協調的事宜，都可以靠手機或Email來解決。妳就安心在這裡等消息，我們乾脆這個周末就出發吧？」

他們很有默契微笑著，彷彿三個人心中早已有所打算。

「我也要跟你們一起去，不要把我一個人留在這裡苦等，我這輩子真的已經等夠了、等煩了！」胡靚妹一把抓住柔涓的手苦苦哀求。

「靚阿姨，可是妳的身體狀況……怎麼挺得住那些舟車往返？」

胡靚妹幾乎快要抓狂，不斷搖著柔涓的手喊著：「可以的！我一定撐得下去！與其都是剩下幾個月可活，我寧可跟著你們一起到外面看看，也不想繼續悶在這個充滿藥水味又死氣沉沉的病房裡，就算讓我死……也要死得自在痛快些吧！」

正當柔涓欲言又止想再說些什麼時，彥基揮揮手插了嘴：「既然靚阿姨也想逃離這裡一陣子，那麼就請多給我們一些時間去準備。畢竟，我們需要找一台適合的交通工具，讓妳在旅途中也能安心養病。」

「好！好……你不能騙我喔，不然哪天我作了鬼，也會跑回來搔你的腳板！」

夢爵士和柔涓張著嘴驚訝地望著彥基，無法相信他竟然會答應胡靚妹的要求。不過，眼見原本還焦躁不安的胡靚妹，情緒竟然被安撫了下來，他們只好跟著彥基點頭，還以為他可能已經有什麼盤算了。

三個人走出病房後，夢爵士馬上問道：「你是不是想到什麼好計謀了？」

彥基卻意外回答：「沒有。」

「沒有？那你怎麼能隨口答應靚阿姨啦？這樣子她到時候真的會陰魂不散，跑回來搔你的腳底板啦！」

「反正船到橋頭自然直，我回去連絡一下當護士的妹妹，搞不好她會有什麼管道……」

柔涓有點納悶：「什麼管道？難不成要讓靚阿姨搭著救護車環島尋子？」

彥基聽柔涓這麼一說，笑了出來：「咦？這也不失為個好點子喔！」

剛才被胡靚妹趕出病房的偉戈，其實並沒有離開台康醫院，只是默默地蹲在長廊盡頭的轉角，不斷抓著頭懊惱不已。三位小跟班莫名其妙地看著他，還盡量躲到遠遠的角落，省得在這個節骨眼被流彈給掃到。

此刻的偉戈突然有一種似曾相識的罪惡感。

胡靚妹剛剛所講的字字句句，就像是一個個沉重的鉛字，狠狠敲進了他的腦袋裡，深深敲痛了他的五臟六腑。彷彿像他死去的母親上了身，重演著那些他急欲逃避的過去。

還記得那是他剛退伍的第一年。原本青少年時期還算木訥寡言的他，自從在部隊裡結識了幾位喜歡逞兇鬥狠的幫派小嘍囉後，整個人就跟著性情大變。當完兵後，也就順其自然跟著他們加入了山貓幫，除了和那幾位狐群狗黨鎮日遊手好閒，也必須隨時聽命於大哥們的吆喝，帶著扁鑽或西瓜刀南征北討——械鬥、討債、打群架或搶地盤。

當他的父母得知乖巧的獨子竟然在混幫派時，曾想盡各種方法不讓他再踏出大門一步。無論是發了狠用麻繩將他綁在床上、用鐵鍊將他牢牢地栓在牆角，或者把他的窗戶全部釘死……卻仍無法阻止他偷偷溜出去，和那一群他自以為被認同的夥伴們廝混。他厭倦再去當那個任由父母擺佈的乖兒子，也不願意接手父親那種小生意，開著可憐的小發財沿街叫賣。

偉戈永遠記得母親最後罵過他的那幾句話，那些話甚至永遠刻在他黑暗的內心底層。

那是一個下著傾盆大雨的午後，他那患有小兒麻痺症的母親，杵著拐杖追在大街上萬念俱灰地罵著：「我們家沒有你這種扶不起的阿斗！你要走就走吧！給我滾得遠遠的！永遠不要再讓我們看到你了……」

就算她跪倒在巷口失聲大哭，叛逆的他卻根本不以為意，依然赤著腳頭也不回的在雨中狂奔。

幾個星期後，當他混膩了、玩夠了，想倦鳥歸巢時，他的家卻早已不存在了。那幢擠身在高樓大廈中的違章建築，在一個周末的夜裡被建商放了一把火，一整排的木造房子全在烈火中付之一炬。大部分的鄰居都及時逃出火場倖存了下來，只有他不良於行的母親以及睡夢中的父親，竟然在房間裡被活活嗆死、燒死！

當他到停屍間認屍時，看著那兩具焦黑的屍首，他的心如同刀割般的痛苦，更伴隨著永遠抹滅不掉的罪惡感。就算是哭喊著一千個、一萬個對不起，也無法喚醒那兩具面目模糊的焦屍。假如他當時人在現場，或許就不會發生那起悲劇，機警的他至少能夠喚醒沉睡中的父母，或者背著母親逃出那場災難。

當他的雙親正被熊熊火焰燒成無法辨認的焦屍時，他卻正在酒吧夜店中花天酒地，或在撞球間裡惹事生非。從此，他認定自己就是那個扶不起的阿斗，就是那種無可救藥的壞胚子，更自暴自棄的將自己推往一個萬劫不復的深淵裡。

胡靚妹的那番話，再度將他內心那個充滿罪惡感的舊傷口挑起，原來他又走進了那個來不及說「對不起」的死胡同。他不斷問自己，真的要重蹈覆轍，再去傷害一位曾經關心過他的老人家嗎？然後帶著另一份愧疚，苟延殘喘走完下半輩子？

偉戈的雙手死命揪著自己的頭髮，將頭深深埋進了膝蓋裡。

良久，才終於從牆邊站了起來，而且心中也下了一個決定，他不要再讓自己活在任何錯誤、後悔或罪惡感的陰影中。在胡靚妹閉上眼睛以前，他一定要讓她看到楊偉戈並不是那種扶不起的阿斗；當她嚥下最後一口氣時，更希望她會帶著微笑以他為榮！

在柔涓、彥基和夢爵士走到長廊盡頭的電梯口時，冷不防就被偉戈和小跟班們給攔了下來。夢爵士一驚，馬上作勢蹲了個馬步，虛張聲勢地喊著：「你們想幹嘛？報復嗎？也不去打聽看看，我可是跆拳道紅黑帶的高手喔！」

「不是不是，你們誤會了。」偉戈退後一步面帶尷尬地說：「我其實……根本沒有離開，一直在病房外聽你們聊了很久……」

柔涓有點不悅嗆了回去：「什麼，你在門口偷聽我們說話？還真是狗改不了吃屎，盡做些偷雞摸狗的事！」

「我……我真的覺得很對不起靚阿姨，也從來沒想到她竟然對我如此用心良苦，就算看穿了我過往騙人的把戲，也還是對我那樣寬容……我覺得自己真的太卑鄙、太無恥了……」

夢爵士忍不住嘴賤的劣根性，馬上就酸了回去：「那又怎麼樣呢？你現在說這些好像太遲了吧？她已經不想見到你了，你就別再熱屁股貼……冷氣機了吧。」

「我知道你們要幫靚阿姨尋找奧立佛，可不可以也讓我加入？好讓我有機會能彌補些什麼。你們別看我在北部混不開，可是在中南部還是有一些拜把、換帖的人脈喔！」偉戈的語氣非常真誠，連那口台灣國語的用字遣詞也充滿誠懇。

柔涓卻當下一口回絕：「門—兒—都—沒—有！我們怎麼知道你是不是又在耍什麼花樣？你這種人信不過啦！」

他頓時語塞，露出一臉的委屈。

彥基在一旁上下打量了他許久，腦袋裡像是閃過了什麼點子：「不然這樣子好了，我們給你一個小小的任務，要是你能在一個星期內完成的話……我們就讓你加入這個行動。」

「真的？好好好，我一定會全力以赴！」

「吳彥基，你是頭殼壞掉了嗎？這種人辦事你也敢相信？」

他顧不得柔涓和夢爵士的抗議，逕自將偉戈拉到旁邊嘀咕了好一陣子，只見對方不斷點頭如搗蒜，然後就領著三個小跟班匆匆離去。臨走前，彥基還大方的將手機號碼抄給了他。

柔涓實在搞不清楚彥基在想什麼，只能很無奈地說：「你真的不怕他會誤了我們的大事？他這種無賴怎麼可能幫得上什麼忙嘛？」

彥基露出一種高深莫測的笑容，看著柔涓和夢爵士：「相信我，我的專長就是識人用人、調兵遣將，如果我評估得沒有錯，這個人應該在一個星期就會讓我們看到成果。」

「真假？」夢爵士翻了個白眼，有點不以為然。

XIII 鳳凰號

楊偉戈揮汗如雨站在正午的大太陽底下，手中不停搖晃著一罐赭紅色的噴漆，鋼珠在瓶罐裡喀啦喀啦響了一陣子後，他開始瞇著眼朝著那塊貼著縷空卡紙的板金，小心翼翼地反覆噴了好幾遍。幾分鐘後，才緩緩撕下紙膠帶和那張已經佈滿紅漆的卡紙，然後盯著那三個血紅的大字，露出非常滿意的笑容。

「鳳—凰—號？大戈，你真以為自己是科學小飛俠喔？這名字聽起來有點老派耶……」三號拎著垃圾袋蹲在一旁，狐疑地看著車頭上那三個如手掌般大小的中文字。

「你們這些猴死囝仔不懂啦！這象徵我楊偉戈從今天開始，要像鳳凰一樣『慾火焚身』！重新做人！」

「你是要說『浴火重生』吧？」不識相的三號指正了偉戈，卻換來他白眼一瞪：「囉嗦啦！

我說是慾火焚身……就是慾火焚身！」

他往車尾走了幾步，蹲下來朝著車底下喊道：「怎麼樣，這台車的狀況還可以嗎？有什麼零件需要換的，就馬上叫三號買回來裝上去，令北可要靠它長途跋涉一段時間呢！」

一號仰臥在滑板上，從車底下滑了出來：「我們昨天已經檢查過引擎了，基本上一切運作還算正常，今天早上也將幾個磨損過度的輪胎都換新了。你別看這台車雖然有十多年的車齡，可是行駛里程數卻不到二十萬公里呢！我想可能因為是捐血車的關係，平常就只是停靠在路邊或公園，因此機械部分才能維持這麼好的狀態。」

「大戈，你要不要上來檢查一下內裝的情況？我將空調風箱裡的蒸發器換過了，現在無論是多熱的天氣車內都是涼颼颼了！還有那兩台舊的血液冷藏櫃也修好了，以後還可以當成冰箱來用呢！」二號從車窗裡探出頭，得意洋洋地炫耀著自己改裝的成果。

偉戈從後門上了車，迎面就被一陣冷氣吹得沁入心脾。他環視了車內一圈，儲物區角落原本用來存放血袋的冷藏櫃，突兀地放了好幾罐可樂和冰咖啡；幾張採血專用的躺椅式小床，也被二號鋪上了軟墊和格狀的床單與枕頭，他試著在上面躺了半分鐘，還真覺得有點像是睡在頭等艙的錯覺。

車內左右的兩面牆，本來用來擺設醫療器具和盥洗用途的長檯，如今也被分段改造成了流理台、寫字檯桌和梳妝台，無論是在檯面上作些簡式的料理、打電腦或梳化都很方便。

「你看，這張橢圓桌和幾張固定椅，之前可能是給護士小姐辦公或捐血者填寫表格用的，我將它鋪上IKEA的桌巾後，就變成一張簡單的餐桌了，大家還可以在這裡喝茶、聊天或討論事情呢！」

二號儼然將這輛被淘汰的捐血車，當成是自己的房間來佈置，無論是地板、廁所、窗戶、窗簾都被他擦洗得乾乾淨淨。車內的牆面還掛了好幾幅黑白攝影作品的小相框，幾個角落更擺上了薰衣草的空氣清香劑。他不知從哪裡搞來一個二十吋的平板舊螢幕，接上了電視盒和DVD機掛在橢圓桌旁的隔牆上，將原本硬調子的捐血車美化得活脫像一台國外的休旅連結車。

「很好很好，你們把這裡搞得比我那個破厝還要舒適！今天晚上我帶你們三個去吃好料的，好好獎勵獎勵你們！」可能是偉戈過往很少誇讚過小跟班們，二號和站在門外的一號都露出一種受寵若驚的笑容。

其實當彥基將這個任務交給他時，偉戈也不敢確定是否能夠勝任。依照彥基的耳提面命，要找到一輛可以讓靚阿姨搭起來舒適的休旅車，並不是一件容易的事。剛開始他將目標鎖定在七人或九人座的休旅車，跑遍了幾個道上兄弟所經營的租車公司和二手車場，卻沒有找到一台滿意的車款。

有些休旅車的內裝就算可以將座椅調整成躺椅，也不見適合年長的病人長時間躺在狹小的空間裡。就算靚阿姨可以勉強如此邊出遊、邊養病，其他幾位年輕人也不可能從南到北一路挺在座位上，吃喝拉撒的問題總還是得解決。

正當他萬念俱灰想打退堂鼓時，小跟班們卻傳來一個絕處逢生的好消息。

在他們就讀的「三和工商」汽修科實習車廠，有一台捐血中心贈與校方的退休捐血車，本來是贊助給汽修科的學生當實習教材使用，不過由於科主任與幾位指導老師，都專注於自用客車方面的維修技術，一直未將大客車編列到實習的教案中。因此，那台捐血車就那樣停在實習車廠外快半年了。

「我們昨晚溜回學校的修車廠勘查過，那台捐血車除了外觀舊了點、內裝髒了點，引擎或機械部分看起來還沒報廢喔！只要花些時間維修、保養一下，應該還是可以發動上路。我聽助教說，就連行照也還沒有過期呢……」

一號雖然和其他兩位小跟班一樣，喜歡翹課、輟學，對讀書沒有一點興趣，可是家業就是經營修車廠的他，憑著對機械敏銳的遺傳基因，早已拿到了「乙級技術士證」和「二級技工證照」。如果他的評估沒有錯，那麼這簡直就是從天上掉下來的一塊餡餅！

偉戈頓時精神振奮，拍了一下大腿喊道：「好，我明天就去把它搞定！」

三號也喜孜孜地附和：「操，終於可以出一口氣了！要是能把那台車神不知鬼不覺偷出來，那個歧歪的科主任肯定會氣瘋啦！」

「誰說我要用偷的？令北要光明正大去找你們科主任和校長喬一喬，請他們將那台捐血車借給我幾個月！」

此話一出，三位小跟班全都傻眼，平日幹盡偷雞摸狗、招搖撞騙、傷天害理、骯髒之能事的楊偉戈，此時竟然要「光明正大」去借車？

三號還是有點懷疑：「啊……這樣，我們要不要將那幾把西瓜刀拿出來磨一磨？」

偉戈的火氣差一點就衝上來，不過深呼吸了一口氣，還是壓了下去：「免啦，從今天開始，我要你們跟我一樣洗心革面！『慾火焚身』！重新做人！這樣才不會對不起靚阿姨對我們的期望。」

他那雙充滿血絲的凸眼球，眼窩凹陷的惡霸臉，此時卻綻放出一種堅決與肯定的正面光芒，連小跟班們也驚訝地露出一種敬畏的詭異眼神。

第二天一大早，偉戈就隻身衝到三和工商，也顧不得辦公室門口的女秘書一再攔阻，還是大搖大擺闖進了校長室。那位戴著茶色寬邊太陽鏡的中年女校長，一見到理著小平頭、身穿花襯衫，手腕上還刺龍刺虎的他，那股來勢洶洶的嚇人模樣，差一點就尖叫了出來。

直到偉戈說明來意後，她才若有所思抓起電話聽筒，撥了汽修科辦公室的分機，請科主任到她的辦公室一趟。當那位科主任一進校長室，看到長相惡行惡狀的他，也以為是來勒索或鬧事的黑道份子。

直到偉戈開門見山提出要商借實習車廠外那台捐血車時，對方才鬆了一口氣：「可是，那輛車是校方的公有資產，也是學生們的實習教材，我們不太方便借給你私用喔……」

「主任，令北都查得很清楚了，你們汽修科根本沒將它列入實習課程，那台車在車廠外一停就停了半年。既然都是廢置在那裡，這段期間還不如先借給我，我保證會幫你們重新打理、保養，直到我們的任務完成之後，絕對會信守承諾歸還給你們。如果校長需要我支付任何押金或租金，我一定二話不說馬上掏錢！」

本來還在一旁翻閱卷宗佯裝成事不關己的女校長，突然抬起頭很有興趣地問：「你說的『任務』到底是什麼事情？該不會是什麼黑幫運毒或接送人蛇的勾當吧？」

偉戈的額頭差一點冒出三條線，斬釘截鐵地回答：「當然不是！我們是要幫助一位癌末的歐巴桑……」

他將胡靚妹的遭遇大致說明了一下，也提到了柔涓、彥基和夢爵士的尋人計畫，以及目前只差那麼一輛交通工具，就有機會實現那位瀕死老人家的願望，尋找回失散四十多年的兒子……

可是那位科主任還沒聽完偉戈的話，就有點不耐煩地插嘴：「老兄，我們這裡又不是什麼喜願協會的圓夢計畫，怎麼可能什麼阿貓阿狗有事相求，我們都照單全收嘛！」

偉戈一聽頓時光火，實在撐不下去裝什麼好人，馬上嗆了回去：「誰是阿貓阿狗呀？令北也不是不付押金或租車費！要不是我已經改邪歸正了，早就趁昨晚將那台車從你們車廠幹出來了，也省得現在要拉下臉跟你們低聲下氣！」

但是對方還是頻頻搖頭：「我們實在是愛莫能助啦！」

偉戈低下頭斜眼看著他：「假如我和你們交換條件呢？」

「我們之間素昧平生，有什麼條件好交換？」科主任有點不以為然。

「只要三和工商願意借給我那輛捐血車，我就將汽修科那三位輟學半個學期的猴囝仔押回學校，而且絕對讓他們每天服服貼貼在教室裡上課！」

「你是說汽二甲那三個問題學生？不瞞你說我們早就放棄他們了，那幾個孩子不來學校反而還風平浪靜呢！」

「柳主任，你先住嘴！」本來還在一旁若有所思的女校長，突然打斷了科主任的話。

她緩緩回過頭輕聲細語地問偉戈：「你說的都是實情嗎？那位靚阿姨在美軍時期的俱樂部駐唱時，被一位美國士官始亂終棄，連混血兒子也讓高中同學給拐跑了，如今落得孤家寡人還罹患癌症躺在安寧病房？怎麼會那麼可憐……」

女校長緩緩摘下那付超大的太陽鏡，從辦公桌旁抽了幾張面紙，小心翼翼擦拭著眼妝上的濕潤。她的舉動出乎偉戈的意料，胡靚妹的故事顯然打動了這位年紀相仿的中年女校長。

她順勢擦了擦太陽眼鏡，帶著同情的語氣說：「這種薄倖的洋男友，我以前在美國時也碰過，浪費了我十幾年青春去等待。最後才總算狠下心回台灣，接手管理家族的這間私立高中，用忙碌的工作來忘卻那些不愉快的過去。我完全可以體會她的心路歷程……」

他有點訝異這位從美國海歸的女校長，竟然會在員工及外人面前，如此侃侃而談自己的傷心往事，可見異國戀的苦澀的確觸痛了她的傷痕，才會對胡靚妹的遭遇感同身受。

「你放心，我不會放著這種悲劇繼續下去！」她從抽屜拿出一本印有校徽的直式十行紙，飛快的在上面寫了好幾行字，然後在簽名處蓋下了自己的印鑑。

「柳主任，你將這張簽單拿到總務處，交給那位管理校內資產的朱小姐，就說是我同意出借汽車修護科的那輛報廢捐血車。請你們科裡的管理人登記一下他的證件，再將車子的鑰匙和行車執照都交給這位……」她頓了一下望著偉戈的臉，有點想不起他是否有介紹過自己的名字。

「我叫楊偉戈！」

「交給這位楊先生，你們不要再刁難他了，畢竟能夠協助一位重症患者完成人生最後的心願，也是我們學校的榮幸！」

那位科主任連聲應好，還諂媚地放了個馬後砲：「對對對，其實我剛才也是這麼認為！」

正當他轉身要領著偉戈離去時，女校長又追加了幾句：「還有，你也該趁這段時間好好構想看看，如何將這種大客車的維修課程，編入你們汽修科的實習課表，不要再白白浪費慈善機構捐給我們的資源了！」

柳主任尷尬地搔了搔脖子，只能不停地點頭如搗蒜。

在一旁的偉戈興奮地彎腰向她道謝，當他正想說些感激的話時，女校長卻只是微笑搖了搖頭。

「什麼都不要謝了，我相信你說的話！只要你們幫那位靚阿姨找到兒子後，帶過來給我看一看，或者我抽空到醫院去探望她，這樣就夠了！」

他豪爽地點點頭，臨走時還很有義氣地說：「妳放心，我也一定會將那三隻猴囝仔送回學校！」

就這樣，偉戈有生以來第一次以「光明正大」的手段去喬事情，竟然就讓他順利達成了彥基交付他的重責大任。也就是說他有機會可以跟著大夥一起去尋找奧立佛了，為自己這些年來詐騙胡靚妹的行徑將功贖罪！

＊

當柔涓、彥基和夢爵士一行人，來到與偉戈約定的那個廢棄空地時，還有點訝異到底是在搞什麼花樣？一向沒什麼口德的夢爵士更捏著鼻子嚷著：「你幹嘛約在這麼臭的地方呀？難不成這裡是你的地下製毒工廠？」

偉戈什麼話也沒回，只是傻笑著撥開了那些跟人差不多高的草叢，領著他們一路走了進去，穿過了一大片枯黃的金色草地之後，他們三個人完全無法相信自己的眼睛。

因為，在草叢中一片光禿禿的空地上，正停著一輛湛藍色的遊覽車，車身上有著一襲如刺青紋路般的紅色鳳凰圖案，萬里無雲的天空輝映在明亮的車窗上，窗內還掛著簡約風的淺藍格子窗簾。偉戈的三個小跟班正靠在窗邊，興奮地向他們搖著V字手勢。

「在此向各位介紹我們的新夥伴『鳳凰號』！它將負責帶著我們和靚阿姨去尋找奧立佛。」偉戈得意洋洋地揮著右手請大家上車，笑容中充滿了說不出的驕傲。

「鳳凰號？那我們不都成了科學小飛俠呀！」夢爵士雖然說得有點酸，卻難掩興奮的情緒一腳就蹬上了前門，然後又是一陣尖叫：「猴腮蕾呀！這未免也太正了吧！」

柔涓睜大了眼欣賞著這輛車，還忍不住發出了一聲：「哇……」

彥基用力拍了拍偉戈的肩膀，握起拳頭向他比了個大拇指：「幹得好！我就知道你一定有辦法，而且完全超乎了我的預期。」

偉戈摸了摸鋼刷似的小平頭，黝黑的臉上露出了一抹傻笑。

當大家都上了車，只見夢爵士從躺椅小床上彈了起來，像個孩子似地拉了柔涓的手喊著：「柔柔姊，妳看還有電視、電冰箱、流理台、寫字檯桌和梳妝台，廁所裡還有蓮蓬頭可以洗澡耶！他們說這是一台退休的捐血車改裝的，我怎麼看都不像呢！」

柔涓在橢圓餐桌前坐了下來，好奇地張望著巴士內的一景一物：「這……簡直就像電影『沙漠妖姬』裡，那台跨越澳洲沙漠的旅行巴士嘛！靚阿姨要是見到肯定也會興奮不已，這下子總算可以成行了！」

偉戈領著彥基走到車尾那張稍微大一些的躺椅床邊，旁邊還裝了一些簡單的醫療器材。

「這是靚阿姨的床位，你那位護士妹妹前天也有過來，將你託她買的那些氧氣筒、血壓器、點滴吊架，還有一些基本的醫療器材都安裝好了，這樣靚阿姨就可以安全地跟著我們上路！」

「什麼我們？彥基，你真的要讓這位詐騙達人跟我們一起行動？這樣靚阿姨肯定會反對吧？」柔涓皺了一下眉頭，面帶疑惑望著彥基，還刻意避開了偉戈那種迫切的目光。

偉戈心裡當然有些不舒服：「我們不是都講好了，只要我找到一台能讓靚阿姨安心養病的交通工具，就讓我加入這一次的行動。你們可不能反悔喔！況且……這台車要是少了我，你們也沒辦法出發啦！這裡除了我之外，還有誰有大客車的駕駛執照？我可是有五年以上開遊覽車的經驗喔！」

他們三個人互相望了一望，全都默默無語。

彥基攤開手看著柔涓，露出一種不容置喙的表情：「所以，要是我們沒有了司機，這次的行動也就胎死腹中了。我相信靚阿姨那邊一定也會讓步，而且這也是給偉戈一次改過自新的機會，讓他可以彌補對靚阿姨的愧疚。」

他看大家都沒有異議，又接著說：「好吧，那麼我們就回家各自準備簡便行李，明天早上就開始我們的『奧立佛行動』！柔涓，待會也麻煩妳跟我跑一趟台康醫院的安寧病房，向醫師及護士確定靚阿姨的告假事宜，也幫她收拾一些需要攜帶的隨身用品和用藥。」

杵在車門旁的一號、二號和三號也雀躍不已，還以為他們也能隨行來一趟環島旅行，結果卻被偉戈喝聲制止住。

「你們三個留在台北，明天開始給我乖乖回學校讀書，絕對不准再翹課了！因為……我已經和你們校長談好交換條件，你們就是這台車子的抵押品！要是我回來的時候，聽到那位顧人怨的科主任打什麼小報告，令北就對你們不客氣！」

他停了好幾秒，才表情凝重地走到他們跟前，還壓低了音量心平氣和地說：「不過……還是要謝謝你們三個猴囝仔，整個星期不眠不休地陪著令北搞這台車。但是，為了未來的前途著想，我覺得你們還是要將高中念完啦！不要繼續跟著我這種沒出息的奧咖混吃等死了。回家、回學校吧！以後好好做人……」

偉戈重重將手壓在幾個小跟班的肩膀上，又抓了抓他們的頭髮。

他的臉上雖然強顏歡笑著，可是眼神中卻仍舊流露著依依不捨，在深呼吸一口氣之後，就頭也不回地跟著彥基一行人走了下車。他頓時覺得自己的眼眶有點溫熱感，可是只能仰起頭裝得若無其事。

因為，他知道自己作了一個正確的決定。

XIV
到舊金山，別忘了頭上戴幾朵花

有人說，人之所以會不斷輪迴轉世，是為了重回人世磨亮靈魂中的每一個善面，就像一顆苞桑磐石中的鑽石，每個切面都代表著一個需要學習的修為。當我們用盡生生世世，將那顆靈魂之鑽完全打磨拋光後，才能夠解脫人間道進入下一個階段，就像打電玩那樣進階到更高的關卡。

那麼當這些落入凡間的苞石無意間聚集在一起時，是否也有可能像漫畫裡的七龍珠，發揮什麼招喚神龍的神奇力量？或者像紅樓夢中那幾顆玉石，碰撞出什麼糾葛的火花？

他們，一位是淪為電話行銷員的ＩＴ界高階主管、一位是小時了了卻與世隔絕的宅男作家、另一位則是被包養的過氣天后，還有惡霸臉少女心的詐騙頭子，和那位孤身走過大時代洪流的癌末老婦人。這幾個身分背景完全不同，過去也沒有任何交集的個體，卻陰錯陽差被連結在一起，只因為一個素未謀面的混血男孩，而開始了他們的「奧立佛行動」。

清晨九點半，彥基推著一台輪椅走出了台康醫院大門，一旁的柔涓則拖著兩個小巧的登機箱，還不時回過頭望著輪椅上的胡靚妹。輪椅上的她正笑得像個孩子似的，在微弱的晨光中她的臉色顯得分外紅潤。

打從昨天傍晚，她得知隔天就要啟程，整個人就變得神采奕奕格外開心，一會兒起身到護士站去聊天，一會兒又跑到其他病房道別，興奮地告訴大家她將要去環島尋找兒子了！

那台湛藍色的鳳凰號停在停車場的另一頭，柔涓和彥基刻意避開了車頭，推著胡靚妹從後門上車。他們還不想這麼早就讓她看到駕駛座上的偉戈，省得早早破壞了出行前的歡樂氣氛。

「靚阿姨！歡迎搭乘本公司的溫馨大巴——鳳凰號，我是這次奧立佛之旅的車掌先生，如果您在旅途中有任何需求，無論只是想點杯飲料或唱一曲卡拉OK，都請不吝通知小的、在下、敝人、俺，我肯定竭誠為您服務……」

胡靚妹一上車，就看到身穿花襯衫、白牛仔褲的夢爵士，裝模作樣站在一旁唸了一長串台詞，還不時掐著蘭花指扭腰擺臀，逗得她樂不可支連嘴巴也合不攏了。

「你們上哪兒租來這麼大的一台車呀？裡面看起來好像什麼都有，簡直就像是一座移動城堡嘛！肯定讓你們花了不少錢吧？還有司機的費用應該也不便宜喔？」

「沒那回事，這都是熱心單位支助我們的，他們得知靚阿姨和奧立佛的遭遇之後，全都非常感動！才決定完全不收一分一毫就讓我們自由使用。」柔涓將胡靚妹扶了上床，還故意擋住她的視線，不讓她看清楚前方照後鏡裡偉戈的那雙眼睛。

彥基彎下腰握住胡靚妹的手：「靚阿姨，我們不敢確定這一趟旅行會持續多久，可是已經盡力弄到一些簡單的醫療設備。如果妳身體有任何一點不舒服時，一定要讓我們知道，不要硬撐下去喔！」

「不會啦，我現在精神可好得很！能夠逃出那間冰冷的病房，和你們這些年輕人一起呼吸外面的空氣，我的癌細胞應該有一大半已經自殺了！」她爽朗的聲音一點也不像個病人，還自娛娛人開起了玩笑。

在他們聊天的同時，車子早已開離了醫院的停車場，正緩緩朝著郊外的方向準備上國道。胡靚妹隔著車窗看著外面的景色，遠處高聳入雲的台北１０１大樓、頭頂上飛馳而過的文湖線列車、雲霧中若隱若現的貓空纜車、木柵焚化廠那座色彩繽紛的長頸鹿煙囪……全都一一映入眼簾。這個處處充滿生命力的城市，為久臥病榻的她注入了一股新生氣。

她轉過頭詢問柔涓：「我們現在要到哪裡呀？」

「喔，先到宜蘭礁溪鄉。」

夢爵士繫著安全帶坐在寫字檯桌前，正端詳著iPad上的文檔：「根據報社資料庫的其中一份剪報顯示，民國七十四年六月三日，宜蘭縣警局在礁溪鄉的『儂雲溫泉大旅社』，破獲過一起旅社非法聚賭的案子，當時所逮捕的賭客與主事者名單裡，也有一位叫胡思恩的男子。要是我們可以找到當時旅社的老闆、員工或者警員，搞不好就可問出當年那位胡思恩是不是一位混血男子，甚至在宜蘭或礁溪還有沒有這麼一位混血兒出沒。」

彥基思索著也接了話：「我昨晚用GPS和Google查了半天，並沒有找到什麼儂雲溫泉大旅社？看來這二十多年實在變化太大了，我們可能需要在那邊停留一、兩天，問一問分局、鄉公所或者老人家，看看還有沒有人記得那些陳年往事。」

「我交叉比對過阿Hi駭回來的戶政資料，在礁溪並沒有任何名叫胡思恩的戶籍資料，也就是說舊報紙上的那名男子應該是個外地人。」

柔涓看胡靚妹臉色突然一沉，馬上語氣篤定地安慰：「靚阿姨，妳放心！我們現在只要依照這些老線索，按圖索驥追蹤下去，肯定可以查到一些蛛絲馬跡。反正名字叫作胡思恩的男性就那麼三十幾個，總有一個會是奧立佛啦！」其實柔涓心裡還是有點擔心，或許一切並不如他們想得那麼容易。

鳳凰號行駛在蔣渭水高速公路上好一陣子，穿越了比較短的彭山隧道後，終於正式進入通往宜蘭的雪山隧道。在漫長的隧道裡才行駛了十多分鐘，胡靚妹就開始有點心神不寧。

「這一條就是電視新聞報導過的雪山隧道，以我們現在的行駛速度，大概要開半個小時，才會到另外一頭呢。」彥基說。

胡靚妹驚訝地啊了一聲，才幽幽地喃著：「我最討厭這種感覺了，就像是一種無止境的等待，不斷看著四周相同的景物，一成不變地擦身而過，彷彿永遠也盼不到最後的終點。」

大家突然安靜了下來。

對胡靚妹來說，這漫長的四十多年，從剛開始癡癡等待萊恩的歸來，到後來一無所有苦苦盼望奧立佛的蹤跡，就像這一條又悶又長的隧道，始終看不到柳暗花明的另一頭。當隧道口開始出現一些光芒時，她的生命卻已經快走到盡頭了。

「沒關係，我也正覺得很無聊呀！那麼我們現在就有請享譽東南亞的聖女天后—白柔涓小姐，以及曾經用歌聲撫慰過千萬名美國大兵的爵士女歌手CRISTINA女士，為我們演唱幾首招牌歌曲吧！」

無厘頭的夢爵士一邊用搞笑的語調說著話，一邊還打開了ＤＶＤ機和隔板上的平板螢幕，畫面馬上跳出他事先就準備好的伴唱曲目，他連問也不問就選了那首柔涓的成名曲「琉璃戀」。

「不要啦！羞死人了！」

柔涓被他這麼突如其來的舉動嚇了一跳，馬上退了好幾步躲在胡靚妹的床邊，可是夢爵士早已手快腳快，將一支無線麥克風塞到了她的手裡。她雖然掙扎推拒了好幾秒，卻還是在前奏結束之前，一秒不差就執起麥唱了起來，還很專業地擺出了她當年的許多招牌手勢與動作。

夢爵士則像個伴舞似的，抓起了身旁的一條床單，在柔涓的身後不斷鼓著布浪，連坐在床上的胡靚妹，也掏出了小方巾跟著節奏在空中揮舞著。

柔涓還真是唱上癮了，意猶未盡又連續K了兩首快節奏的歌曲，隨後才貼心地幫胡靚妹換上了一片西洋歌曲的伴唱ＤＶＤ，還選了那首胡靚妹曾經哼過的老歌「到舊金山，別忘了頭上戴幾朵花」。

當那陣熟悉的吉他聲、鼓聲與鐵琴聲交織的前奏響起時，胡靚妹的心頭頓時震了一下，全身的毛細孔也隨之麻了許久。那麼多年後再聽到這首歌的前奏，內心卻依然如昨日般悸動。
她緩緩閉上了眼睛，雙手有點顫抖地握著麥克風，用一種低沉渾厚的嗓音唱了出來。

「（如果你要到舊金山，別忘了在頭上戴幾朵花；
如果你要到舊金山，你會遇見許多和善的人們。
對那些到舊金山的人們來說，那兒的夏日時光充滿了愛，
在舊金山的街道上，和善的人們把花朵戴在髮上。
整個國度瀰漫著一股奇妙的脈動，人們在流轉著，
新世代自有新的詮釋，人們在流轉，人們都在流轉……）」

就在她輕輕吟唱著那首懷念老歌時，車子已經在不知不覺中穿出了雪山隧道。金黃色的陽光從萬里無雲的藍空灑落，一望無際的翠綠色平原映入了車窗，那些純樸的平房宛如耀眼的貝殼，稀稀落落一路平鋪到地平線彼端。

胡靚妹的歌聲穿出車窗，在那片亞熱帶風情的蘭陽平原上流轉，隨著草原上的熱空氣吹送到遙遠的海岸線，飄過孤立在水中的龜山島，順著潮起潮落越過菲律賓海，奔向太平洋海域的另一端。

彷彿，傳到那座她曾經夢想的異國都市，如微風般輕拂過她曾經深愛的那個男人耳畔……

*

當車子進入礁溪之後，偉戈在某間星級酒店旁找到一片空地，便將鳳凰號停了下來，他坐在駕駛座上連動也不敢動一下，只是眼睛還不時透過後照鏡偷瞄著胡靚妹。彥基和夢爵士手上握著iPad和幾張紙頭，打開了前門正準備下車詢問，臨走前還不忘跟柔涓叮嚀了幾句。

「妳和靚阿姨先在車上等一下，阿夢和我先到附近幾家旅社和賓館問一問，看看有沒有人知道那間儂雲溫泉大旅社在那裡。」

一股熱氣從門外湧了進來，他們倆跳下車後就三步當兩步分頭跑開了。

柔涓從「血液冷藏櫃」裡拿出一瓶礦泉水遞給了胡靚妹，還幫她墊高了枕頭，讓她可以躺得比較舒服一點，然後就轉身走進隔板後的洗手間。胡靚妹眼神好奇地盯著前方的駕駛座，搞得座位上的偉戈開始慌張了起來，再也不敢往照後鏡上偷瞄，還警覺地將頭給撇了開刻意朝著窗外望，就那樣靜止著不敢再動一下。

她彷彿想到了什麼，從床上緩緩爬了下來，拎著手中那瓶未開的礦泉水，扶著四周的桌面和牆面，慢慢往前走到距離四、五米的駕駛座後方：「運將先生，你開了那麼久的高速公路，口渴不渴呀？要不要喝一點水？」

坐在駕駛座上的偉戈手足無措，不知是該答還是不答好，只好刻意撇著頭接過了那瓶礦泉水。胡靚妹覺得這個人也未免太詭異了吧？竟然連頭也不回一下，就連一聲謝謝也不懂得說？索性再往前站一步，彎著腰想仔細端詳這位司機到底是何方神聖？不過那一瞧，可真讓她光火了！

「阿—偉！怎麼會是你？我不是要你永遠在我眼前消失嗎？你為什麼還是陰魂不散跟著我們呀！」

「靚……靚阿姨……我是自願要當大家的司機啦……這台鳳凰號也是我費盡苦心才借回來的，我只是想將功贖罪……為妳作些什麼……」偉戈被她那麼喊了幾聲後，整個人一陣慌亂，連說話也變得支支吾吾。

胡靚妹聽了他的那些說詞，翻了一下眼珠子，順勢用手指揉了揉太陽穴，隨之深深吐了一口氣：「你對我還有什麼好將功贖罪的？都騙了我這個歐巴桑十多年了，只會一次次越來越變本加厲，我怎麼知道你現在是不是連他們這幾個年輕人也想騙？」

「我是真的改過自新了！如果妳不相信可以問問吳先生或白小姐，我為了這一台鳳凰號出錢出力、不眠不休。昨天也將那三個猴囝仔給『遣散』回家，還強迫他們一定要回學校讀書，我真的有在反省，有在重新做人……」

「我不想再聽你耍嘴皮子了，你想要怎麼樣就隨便你啦！」她或許還是有那麼一絲怒氣，回過身後就小心翼翼走回車尾的床位，只留下偉戈一個人垂頭喪氣地坐在駕駛座上。

不過她才回到床上沒多久，就開始在皮包裡翻了半天，然後才又搖搖晃晃走到了車頭，表情還有一點不情願地遞給偉戈一小瓶藥水：「吶，日頭這麼大，開車也不懂得戴一付太陽眼鏡，我看你眼睛紅紅還一直眨來眨去，快點先滴一些眼藥水，待會下車去買一付太陽眼鏡吧！」

偉戈頓時笑顏逐開接下了那瓶眼藥水，心頭也泛起一股暖暖的感覺！不管現在胡靚妹是否已經完全原諒他了，至少內心深處還是有那麼一點關心他。他告訴自己，如果真要讓胡靚妹前嫌盡棄接受他，那麼就得靠自己這一路上好好表現了！

當柔涓從洗手間走出來，目睹胡靚妹正站在駕駛座旁說話時，還差一點被那畫面給嚇了一跳。不過胡靚妹倒是泰然自若又踩回到自己的床位，和她擦身而過時頂多淡淡喃了一句：「你們幾個小鬼都瞞著我喔！」

卻不見她臉上有任何不悅，嘴角甚至還淺淺的上揚著。

至於彥基這邊，已經在仁愛路上詢問了好幾間溫泉旅館，不過那些年輕的櫃台小姐，根本就沒人聽說過有那麼一間儂雲溫泉大旅社。他開始有了些挫折感，看了看手機已經接近中午時分，便走進一間家庭式餐廳，點了幾個便當準備帶回鳳凰號。

那位年約五十的老闆娘，很親切地招呼他先在旁邊坐一下，就熟練地拎起了好幾塊豬排，一一放入油鍋裡，然後又轉過身俐落的用紙盒裝了五盒白飯。

「老闆娘，妳是這裡長大的本地人嗎？」他隨口問了那位中年婦人，只是想打發一下等待時的尷尬。

老闆娘倒是很熱情就打開了話匣子：「沒有，我是嫁到這裡的新竹媳婦啦！已經在礁溪生活三十幾年了，不過比起許多本地年輕人我還更熟門熟路呢！你們這些遊客想要去哪個觀光景點，什麼五峰旗、跑馬古道、林美石磐步道、金車蘭花園……問我準沒有錯得啦！我兒子都說我是會走路的什麼……『雞屁A鼠』啦！」

彥基笑了出來，好奇地又問：「那妳有沒有聽過這附近有一間儂雲溫泉大旅社？」

老闆娘一邊將炸得金黃的豬排從油鍋裡翻了面，一邊努力思索著：「咦？那是十幾二十年前的舊旅社啦，都已經拆掉好幾年了。我聽說是因為老闆的兩個兒子分家產出了問題，後來簽約改建的那家建商又倒閉了，所以那塊土地就一直空在那裡，你看就是那裡……」

她走到店門口，舉起油膩的手指著遠處。在透天厝林立的街上，有一處凹了下去的空地，就像是缺了一顆牙的牙床，突兀的空在這條繁華的小街上。

「那麼溫泉旅社的一家人，或者曾經在那邊工作過的員工，還有沒有人住在這附近呢？我有一位作家朋友正在寫一篇礁溪的舊時代故事，只是想幫他查一查那間有點歷史背景的溫泉旅社。」

「唉，他們那兩兄弟都已經在鄉親面前扯破臉了，怎麼可能還會留在這裡讓人看笑話嘛！聽說兩家子好像分道揚鑣搬到台北和台中了。我記得以前幫他們打雜的一位少年郎，叫什麼海生仔的，現在好像是在羅東夜市賣小吃，店名叫作什麼……？啊，是『海味章魚小丸子』啦！你去問他肯定最清楚。」

他接過便當後，不斷向那位老闆娘道謝。原來儂雲溫泉大旅社早已不存在了？不過至少現在又多了一條線索，可以抽絲剝繭一步一步追查，礁溪的那位胡思恩到底是不是奧立佛。

彥基回到鳳凰號之後，夢爵士也帶來了令人振奮的消息。

他啃著豬排的嘴激動地說：「我剛才到鄉公所和幾位資深的辦事員聊過天。他們當中還真有人記得二十多年前，這附近的確有過一位混血兒長相的年輕人！他和幾位同伴應該與儂雲溫泉大旅社的員工混得很熟，因此才能藏在旅社房間裡搞起了地下賭場。幾位辦事員都記得，那位混血兒當時的年紀大概只有十七、八歲，國語和台語都說得不差，好像連英文也能講幾句，只是中英文好像都有一種奇怪的口音。」

「奇怪的口音？」彥基皺著眉思索了幾秒。

「沒錯沒錯，如果是剪報上說的民國七十四年，奧立佛那時也剛好是十七歲左右！」胡靚妹扳著手指算了一算，然後睜大雙眼不停地點頭。

柔涓打開了一個素食便當放在胡靚妹的餐桌前，將一副擦拭好的隨身筷遞給了她：「如此說來，這條線我們並沒有追蹤錯！」

「不過呀，自從那宗旅社聚賭事件結案後，他和同夥也就從此消失了，聽說警方當時還網開一面，沒有讓十多歲的胡思恩留下案底。」

胡靚妹摀著心口，像是鬆了一口氣：「那就好，那就好……」

「這麼說來，我這邊問到的海生仔當年在旅社打工時，肯定也對那位胡思恩略知一二！我們今晚就跑一趟羅東夜市，問問他是否知悉胡思恩的後續行蹤。」彥基興奮地說著，還起勁地扒了好幾口飯。

他們圍坐在那張橢圓的小餐桌旁，每個人都難掩內心的喜悅。畢竟「奧立佛行動」的第一天就有如此的進展，的確是他們所始料未及的！

從礁溪鄉啟程去羅東市的路上，偉戈轉進了位於途中的員山鄉，將車子停在枕頭山附近。他指著窗外那片一望無際的蘭陽平原，向胡靚妹和夢爵士一一細數著。

「這裡是宜蘭看夜色最熱門的地點喔！你們看左邊那裡有一個蘭陽養蜂場，前面這個則是宜蘭酒廠和阿蘭城，再往前望過去就是宜蘭火車站，和我們今天開過的那條蔣渭水高速公路。最遠的那些房舍就是壯圍鄉，還有遙遠的那一片海域其實是菲律賓海喔……」

車窗外是一片美得令人窒息的青蔥綠影，蔚藍的晴空飄著一片片捲曲的浮雲，平原上鋪著落羽松、檳榔樹和許多不知名的樹木與花田，一幢幢別墅與透天厝就那麼愜意地躺在這片安詳的淨土上。

看著眼前的這幅美景，胡靚妹不禁懷念起屏東老家的景色，那些香蕉樹的綠蔭、隨風搖曳的木瓜葉、與世無爭的純樸小漁港，和艷陽下那片閃著波光的母親海……曾經在她夢中出現過千百次，卻像是一個永遠飛不回的南國天堂，只能一次次在夢境裡依戀、神遊。

柔涓伸了個懶腰走下車，站在山坡旁凝視著遠處稀疏的樓房。

本來還靜坐在大石上發呆的彥基，喊了她一聲：「我知道走上去沒多遠的山頂會館，有一間不錯的咖啡館，想不想去坐一坐？妳應該會更喜歡那邊的景色。」

她點了點頭，就默默跟著他往坡上走。

那是一間叫「橘子」的咖啡館，偌大的空間裝潢得非常簡約，酒紅與深褐的配色讓人有一種置身在夜店的錯覺。最讓人眼睛一亮的是它的戶外露台，憑欄而坐時會有一種像坐在懸崖邊的錯覺，還可將蘭陽平原上搖曳的綠波盡收眼底。

彥基和她挑了個欄杆旁的座位，面對著那片賞心悅目坐了下來。

「我從來不知道離台北這麼近的地方，竟然有一片如此遼闊的美麗平原，說實在我已經好久沒看過這麼長的一條地平線了。」

「妳把自己說得像一隻籠中鳥，沒那麼慘吧？」彥基啜了一口美式冰咖啡，斜著眼望了望和他並坐在欄杆前的柔涓。

她牽動了嘴角苦笑了一下，什麼話也沒有說。也許她真的像一隻鳥籠裡的金絲雀；一隻沒有主人的籠中鳥。一直以來她都用一堵無形的高牆圈圍住自己，讓外面的世界看不見她這位過氣的天后，是如何苟延殘喘依附在腦滿腸肥的冉大福身上！

當她從那座如日中天的華麗舞台上，跌落到那片深不見底的「過氣」海水時，還曾經以為冉大福是她抓到的一根救命漂木，就算這根漂木有多麼斑駁、多麼醜陋，至少總還是對她百依百順、無微不至。

她卻從來沒想過，有一天當她繁花落盡之後，會被更年輕、更新鮮的女性肉體所取代，成為冉大福身後的另一朵昨日黃花。有時候她覺得很可笑，自己從來也沒嫌棄過他的年齡、長相或體型，也不曾在乎過他的身家或那一紙名份，可是最後反倒是因為她不復當年的美色，而漸漸被冉大福疏遠與冷落……

彥基看她發呆了半晌，又轉過頭問：「妳的歌還是唱得那麼好，怎麼不試試再往演藝圈闖一闖？以前妳是所謂的偶像派，現在應該可以朝著實力派唱將晉級呀！」

柔涓連想都沒有去想，就一口打斷了他的話：「我沒有這種念頭了，有些東西已經不是你的，就永遠不會再回來了……」

每次只要她一懷有那種遐想，柳盈盈那張勢利的嘴臉，和那些冷嘲熱諷的話語，又會不斷砍在她的腦門上，將她僅存的熱切一次次劈得支離破碎。

「好了，不要再提那些有的沒有的。」她將原本停留在遠方的目光收回，索性轉移了話題：「你覺得我們有多大的機率，可以幫靚阿姨找回奧立佛？」

彥基沉默了幾秒，才再度抬起頭回答：「機率絕對是有的，只不過是時間上的問題而已。我比較擔心她的身體狀況還可以撐多久？這兩天看她的精神狀況出奇的好，我還一度擔心是不是所謂的『迴光返照』？現在只希望這樣的舟車往返，不會加重她的病情。」

他們沒有再說話，只是靜靜欣賞著那片氣象萬千的蒼穹，天色已經從原本的淡藍漸漸轉為深藍、藏青，然後泛出淺橘色和粉紅色的晚霞。

蘭陽平原上的房舍和道路，也紛紛點起了或白或黃的燈火，彷彿像是從黃昏的天鵝絨上，滾落到人間的夜明珠，一閃一閃相互輝映著，讓人分不清遠方的是星光，還是萬家燈火。

那些亮著燈火的每一扇窗裡，都有一個故事，而每一個有故事的窗，又連結著另一扇窗裡的故事，或者更多更多不知名的窗。就像夜空裡大大小小的星座，星座上的星子也都與另一顆星球無形地連結著，串連成一則則美麗動人的神話。

XV 聽蝴蝶夫人的毒梟

傍晚的羅東夜市已經是一片車水馬龍，偉戈開著鳳凰號在附近兜了好久，才終於將車子停在中山公園附近的停車場。柔涓、彥基和夢爵士都下了車往夜市的方向走，只留下偉戈在車上陪著胡靚妹看電視、喝茶。

柔涓一行人花了快一個小時，分頭在夜市裡兜了一大圈，經過各式各樣的攤販、小吃或餐廳，從炸雞排、蚵仔煎、臭豆腐、糖炒栗子、包心芋圓、鴨肉冬粉、筒仔米糕，到當歸羊肉湯……林林總總，就是沒有看到一間叫「海味章魚小丸子」的鋪面。

彥基索性問了幾位攤販老闆，不過大家都忙著招呼客人，只是敷衍的一指要他們繼續往下走。就這樣在不同人的東指西點下，他們還差一點在夜市裡迷路了，直到問了一位賣筒仔米糕的年輕小伙子後，才總算恍然大悟。

「海味的那間章魚燒已經關掉了啦，那位老闆早就往生好幾個月了！」

他們三個人霎時愣住。

這位年輕老闆因為生意冷清，只好在一旁把玩著手機，還心不在焉地繼續道：「好像是因為心臟病吧？聽說發作時他還在家裡攪拌第二天要用的麵糊材料，結果就一頭栽進攪拌機裡！第二天被鄰居發現時，整張臉都已經稀啪爛，被攪拌機打得血肉模糊！」

他可能覺得自己描述得還不夠腥羶，又補了幾句：「夜市裡還有人幸災樂禍地說，那肯定是『八爪仙』回來復仇了，因為他在世時活生生殺過、烤過那麼多章魚。」

「你們是想吃章魚燒嗎？前面還有一間辣妹開的章魚小丸子啦！要不然你們就嚐嚐我們家的筒仔米糕，也是這裡遠近馳名的小吃呢。」

柔涓和彥基向對方道了謝，就往夜市的出口方向走。他們聽完那番話之後，根本就對章魚燒這個詞完全反胃，連身邊琳瑯滿目的夜市美食，也看得有點意興闌珊。

夢爵士要離開前也不忘嘴賤了幾句：「老闆，你也要小心一點喔！搞不好也會有什麼『竹子精』回來跟你報仇。你看看那麼多筒仔像神主牌似地躺在那裡……好幽怨喔！」然後就哈哈大笑跑開了。

他們回到車上之後，全都喪氣地坐在自己的床位上。胡靚妹看著他們一個個神色黯然，心中也開始忐忑不安：「那現在該怎麼辦？人都死了，這條線不就斷了……」

柔涓沉默了好久，才提起勁回答：「沒辦法，只好回到我們原來的計畫，依照舊剪報上其他的線索，一站一站沿路打聽下去。」

「以邏輯推斷，那位胡思恩和他的朋友，肯定是因為聚賭案東窗事發，才會就此從宜蘭消聲匿跡，另覓一處沒有人知道他們底細的城鎮重頭再來。從地緣關係上看來也許會是台北、新竹、苗栗，或者……」彥基停了下來，環視了其他四個人。

「台中？」夢爵士、偉戈和柔涓不約而同喊了出來。

夢爵士突然想到了什麼，連忙打開他的iPad，用食指在螢幕上撥了幾下：「有可能！這些舊報紙上完全沒有胡思恩在台北、新竹或苗栗的新聞，不過倒是有一則民國七十六年二月十二日的消息提到，台中市警方追查到一個專在地下舞廳販毒的集團，當場逮捕了毒販劉克敬、胡思恩、顏勇標……」

「嗯？這剛好是礁溪的胡思恩消失後的兩年，也許他後來一直都生活在台中！只要能確認台中的那個胡思恩，就是礁溪這位混血兒長相的胡思恩，那麼就幾乎可以斷定這兩則新聞裡的人，根本都是奧立佛！畢竟在台灣，不太可能有兩位都叫胡思恩的台美混血兒吧？那種機率實在是微乎其微。」彥基若有所思望著車窗外，嘴邊還不斷喃喃自語。

柔涓走到流理台邊倒了一杯熱茶，思緒也跟著他的話在轉：「可是台中那麼大，我們總不能像在礁溪那樣挨家挨戶去問吧？況且該到什麼地方去問？要問什麼人？這些都是問號呀。」

大家全都沉默了下來。

本來還安靜坐在一旁的偉戈，雙手搓了搓大腿褲管，有點靦腆地說：「也許這方面我幫得上忙……」其他四個人全都轉過頭納悶地看著他。

「我在台中有認識一些老兄弟，這麼多年來有幾位還一直在當藥頭。如果台中的胡思恩曾經在市區的舞廳販過毒，八九不離十應該會是他們的下線，或許我可以從他們那邊得到一些消息。」

「太好了，這樣我們就馬上殺到台中吧！」夢爵士興奮地喊了出來，回過頭就在筆電和iPad上準備規劃路線圖。

彥基也在GPS上端詳了半天後，跟偉戈和夢爵士耳提面命：「我們直接走台七線，再轉台桃一一三線，然後上台三線吧！雖然走省道的時間比較長一些，至少沿途的景色不會像高速公路上那麼單調，這樣子也不需要往北折返了。」

當晚他們就朝台中的方向出發，不過走在中部橫貫公路時，卻在玉峰附近遇上了山霧。偉戈索性在巴陵大橋附近找了一片空地，將鳳凰號先停在路邊，自己也趁機先小睡一會兒，預計清晨霧氣都散去後才繼續啟程。

一向習慣在凌晨時分寫稿的夢爵士，還是初次體驗在夜霧山區中寫作，車窗外的霧氣在昏黃的路燈下緩緩飄移，遠處刻著「バロン橋」的紀念石柱，孤獨地佇立在朦朧的夜色中，還伴隨著橋下玉峰溪和三光溪交匯的潺潺水流聲。

對他這個一向與世隔絕的宅男作家而言，這的確是一種截然不同的寫作經驗。

車內一片漆黑，只有胡靚妹床邊的小夜燈還亮著，靜默中隱約還可聽到她均勻的呼吸聲。夢爵士坐在筆電前，望著這位為了尋找失散多年的兒子，而抱病踏上最後旅程的老婦人，內心的確被那種奇妙的母子親情所感動。平常吊兒郎當的他，也開始省思過往對待夢大媽的種種叛逆與嘲諷，一股歉意不覺油然而生。

胡靚妹年輕時那段無疾而終的異族戀情，更讓他體會到過往所寫的那些風花雪月，是多麼不真實的鏡花水月。假如胡靚妹對萊恩沒有任何一絲眷戀，那麼多年來也不可能會過著形影孤單的生活。只是他無法想像，那些曾經來台度假或駐守的幾千幾萬名美國大兵，竟然會有那麼多人狠下心拋棄露水姻緣後的遺腹子，毫無愧疚地回到美國本土，就像什麼也沒發生的繼續過日子。

難道在他們下半生的每一個夜裡，都不曾浮起任何罪惡感？他怎麼也無法拼湊出那個曾經甜言蜜語的萊恩，為什麼會在轉念之間選擇了永遠不再回來？

筆電螢幕的光線映照在他臉上，他的手指飛快在鍵盤上游移著，開始將這一路上的所見所聞記錄下來。無論這段旅程的結局會是如何，至少他能夠為一生默默承受痛苦的胡靚妹，在最後的時日裡留下一些痕跡……

＊

當清晨的微光從樹蔭稀疏地撒下來時，夢爵士早已趴在寫字檯桌上睡著了，外頭的霧氣漸漸散去，山林美景也越來越清晰映上車窗。胡靚妹揉了揉朦朧的雙眼，伸了個懶腰起身坐在床上，靜靜地凝視著霧氣退散的窗外景致。

鮮紅的巴陵大橋若隱若現躺在蒼鬱的樹林中，遠處的山脈像戴著頭紗的新娘，籠罩在一片片的雲霧之間。車外分不清有多少種不知名的鳥鳴聲，在樹林裡忽遠忽近地迴盪著。

她最怕聽到那種不絕耳的鳥鳴聲，總會讓她聯想起，像是個剛從黑暗中爬出來的迷途者，面對著光天化日的刺眼陽光，才驚覺到自己渾身上下都是傷痕與淤泥的恐懼感。就像三十多年前，她當吧女的那些日子，每晚在幽暗的酒吧中如行屍走肉般游移著，週旋在各式各樣充滿煙酒味的陌生男子之間，直到破曉時分，才從酒吧或不同的旅社裡爬出來。

每當她穿著一身鮮艷的洋裝，帶著滿臉花糊的濃妝，穿過清晨的青年公園回家時，散步道上那些絡繹不絕的鳥鳴聲，總會讓她在迎接光明、呼吸新鮮空氣的同時，帶給她一種莫名的罪惡感與污穢感。那些聲音也彷彿像親人們一張張咒罵她的嘴，不斷在耳畔盤旋著。

就連悌悌跳樓自殺的那個早上，她趴在冰冷的屍體旁哭泣時，身後的小公園也傳來那種令人斷腸的淒厲鳥鳴聲。

她到現在仍然無法相信，當了那麼多年吧女的悌悌，什麼樣的男人沒有接觸過，最後卻會栽在一個假日本富商的手裡。當悌悌認識了那位叫山本的中年男子後，還一度以為自己找到了一位可以依託終身的伴侶，一個可以讓她退隱從良的理由，然後永遠飛離那座黑暗的國度，與情人在日本共度餘生。

胡靚妹永遠記得悌悌自殺前的兩個星期，還開心地跟她說：「蒂娜，妳以後一定要來東京看我喔！山本桑說他在代代木有一幢三層樓的洋房，只要妳到東京來玩，隨便要住多久都沒問題啦！」

悌悌的頭上滿是髮捲，慵懶地躺在長沙發上，手邊還漫不經心讀著一本「基礎日語會話」，她的臉上流露著一種美夢成真的喜悅，一種如同少女般天真的眼神。

可是，沒多久後她們才知道，那位山本桑根本就不是什麼日本富商，而且還是個不入流的東洋騙子。他假藉要幫悌悌在出國前先將銀行的存款匯到日本為由，而把她十多年來當吧女所辛苦攢下來的積蓄，全都轉匯到自己在日本的銀行戶頭裡。

然後從此消失得無影無蹤。

悌悌哭了好幾個晚上，無論蒂娜怎麼安撫，她卻連酒吧的班也不想去上了，只是鎮日將自己深鎖在房間內發呆。直到那個早上，她趁著蒂娜還沒下班前，跑上了公寓樓頂從水塔上朝著大街一躍……

她的身子撞到樓下鄰居的塑膠遮雨棚，彈到樓下社區公園的前方。

當蒂娜在公寓門口，看到那具面朝地橫街躺在血泊中的屍體時，她的心頓時碎成了一片片的破片，不斷在她胸口的新痕舊傷上又狠狠地刺著。她發了狂似地趴在柏油路上哭喊著，周遭的鄰居只是掩著鼻子冷眼旁觀，還隱約在一旁低聲交頭接耳著。

「你們看吧，當吧女就是沒有好下場……」

從那天開始她告訴自己，無論如何也要盡快脫離那種賣笑的皮肉生涯。反正奧立佛早已不在身邊了，她根本沒必要那麼賣力去掙錢，就算去作個小生意也能一人飽全家飽，總比面對世人的冷嘲熱諷來得有尊嚴！

＊

當鳳凰號繼續奔馳在中橫時，偉戈早已打了好幾通電話，詢問到那幾位藥頭朋友如今的巢臼。進入台中市後，他就直接往北屯方向開，沒多久才停在一處全是透天別墅的社區附近。

夢爵士好奇地問：「現在的藥頭出手都這麼闊綽？住在這種高級的住宅區不會太招搖了嗎？」

偉戈把穩了方向盤，目測左右後視鏡裡的停車距離，順口回答：「我想應該是租來的吧！你難道不知道最危險的地方，就是最安全的地方嗎？」

他跨出駕駛座之後，環視了車內的幾個人，才態度審慎地說：「彥基兄，就麻煩你跟我跑一趟吧！其他人就請先留在車上不要亂跑，他們那些人對周遭出現陌生人非常警戒，大家還是多一事不如少一事吧。」

彥基隨著偉戈下了車，兩個人就朝著那幾棟長得一模一樣的白牆紅頂別墅走去，偉戈確定了門牌號碼後，就按了其中一戶的門鈴。他依照另一位哥兒們在電話裡的指示，以三長兩短的方式重複按了兩次電鈴，隔了大約一分多鐘後，對講機才終於有一名女子應聲。

「找哪位呀？」

偉戈馬上將臉湊到對講機的攝影鏡頭前，機警地回答：「哇係安同堂的金阿姨介紹的，來算紫微斗數的啦！」

對方停了好幾秒才道：「那，你先把生辰八字報給我，我請示一下老師。」

他抓著手中那張有點皺的紙頭，低著頭小心翼翼地唸道：「庚申年八月十八日辰時生」

沒多久，那扇門就像輸入了正確密碼似的，嗶一聲就自動開啟了。在走進大門之前，彥基還隱約瞥見二樓陽台上，有一位帶著墨鏡的男子正在窗簾後窺視。

他們穿過了一座典雅的日式禪花園後，有位穿著火辣的紅衣女子就站在玻璃拉門旁，慵懶地問：「你們到底要找誰呀？」女子雖然長得一臉精明樣，可是渙散的雙眼卻像對不準焦距似地，望著他們身後的方向說話。

「火龍果和方頭彪在嗎？我是他們在台北的老朋友。」

「是喔？彪哥出去盤貨了，火龍哥在樓上休息啦！」她說完後像少女似地嘟起嘴裝可愛，不過配上那雙脫窗的眼睛，表情實在令人不敢恭維。

偉戈帶著彥基直接走了進去，經過客廳時還看見幾位年輕人，正蹲在茶几旁分裝著一堆五顏六色的藥丸，桌上還擺著幾個K盤、水車、塑膠卡片、微型磅秤，和一些不知所以然的安非他命吸食器。

不過上了二樓之後，完全又是另一番景象。

當他們剛走上樓梯時，就已經聽到樓上傳來一陣悠揚的義大利歌劇，彥基聽出那是「蝴蝶夫人」中那首叫「美好的一天（Un Bel Di Vedremo）」的歌曲。女高音幽怨地吟唱著蝴蝶內心的種種幻想與期許，歌聲依稀令人感受到她倚著日式紙門眺望遠方海灣的情景，癡癡等待著愛人搭乘的軍艦歸來，卻總是一次次落空。

如此淒美的義大利歌劇，配上三樓維多利亞風格的室內裝潢，與他印象中的「毒窟」完全無法聯想在一起。客廳中除了歐式的家具擺設，落地窗上也襯著一襲酒紅色的宮廷風窗簾，披掛式的布幔上還綁著兩條巨大的金黃色流蘇。

那位稍嫌福態的火龍果穿著一件絲質的藍色晨袍，悠哉地躺在一張復古的紫色絲絨沙發裡，正陶醉在蝴蝶夫人高亢的歌聲中，鑲金邊的白茶几上還擺著一瓶蘇格蘭威士忌和酒杯。

他見到偉戈和彥基之後，馬上不慌不忙地起身，臉上還堆滿了笑容：「唉呀，還真格是阿偉你呀！我剛才端詳了對講機上的小螢幕半晌，還不太敢確定是您老呢，你這傢伙怎麼保養得和二、三十年前一個樣！」

火龍果一口字正腔圓的國語，聽起來應該是個眷村長大的榮民子弟。他話都還沒有說完，就已經上前在偉戈的肩頭上熱情地拍了好幾下，還晃著微禿的腦袋上下打量著偉戈。

偉戈那口台灣國語也爽朗地寒暄著：「你嘛幫幫忙，我都臭老成這款樣了，怎麼會沒有變啦？倒是你現在好像混得很不錯喔，住花園洋房、喝洋酒、聽洋歌劇，這種生活才叫人羨慕嘛！」

「這些都沒什麼啦！咦，我聽說你後來加入了山貓幫，這麼多年來肯定也混到個不錯的地位吧？您老現在應該也是個堂主什麼的吧？」

火龍果轉過身從冰桶中夾了些冰塊放在酒杯內，然後倒了半杯威士忌遞給了偉戈。他可能認為彥基只是偉戈的跟班小弟，所以壓根子沒有正眼瞧過他一眼。

偉戈搔搔頭有點尷尬地說：「我的個性不適合幫派生態啦，早幾年就已經沒有再混下去了。後來只是和一些小兄弟們合夥……做點小生意，混吃等死啦！」

他當然不願意在意氣風發的老友面前，提及自己是被山貓幫給踢出來的，或者這些年都是靠著仙人跳、詐騙老人家的棺材本糊口。他們倆聊了好一陣子，從當年搞過哪些逞兇鬥狠的小勾當，聊到如今千奇百怪的毒品市場，那些話題從他們的口中說出來，彷彿就像在聊什麼家常便飯、清粥小菜。

偉戈本來還想著要如何找機會岔入正題，不過火龍果也算是個明眼人，沒多久就開門見山地問：「您老最近是不是在跑路呀？不然怎麼會無緣無故來台中找我？幾位哥兒們都說你打過電話追查我的行蹤。」

「火龍哥，你這可誤會大了，我哪敢追查你的行蹤呀？而且我也沒有在跑路啦！我還是明人面前不說暗話吧，這一次來是要幫一位恩人尋找她兒子的下落，而且那個人你或許也曾經聽聞過……」

偉戈很老派地講了些江湖味的場面話，然後就一五一十將胡靚妹的情況，以及他們五個人這一次的「奧立佛行動」，一股腦兒告知火龍果。

「原來這位吳先生不是你的跟班呀？我剛才還一直忽略他了，哎呀……來來來真是不好意思！」火龍果馬上站了起來，強而有力地握了握彥基的雙手，隨之也倒了一杯威士忌給他。

他坐回那張紫色的絲絨沙發後，將酒杯湊到了嘴邊，半瞇著雙眼想了好幾秒才說：「混血兒長相的小伙子？聽你這麼一說，我好像還真有那麼點印象。這幾十年來跟我們批過貨的年輕人裡，好像就只有一位是這種長相，叫作……叫作……『星州仔』吧？」

他回過頭揚了揚下顎，望著窗簾旁那名戴墨鏡的把風男子，對方也點了點頭。

彥基有點疑惑：「怎麼會叫星州仔呢？」

「我們也是聽其他年輕人那麼喊的！他好像是從新加坡回來的華人，不過卻是在這裡出生的道地台灣孩子，應該是從小就跟著父母到新加坡作生意，十六、七歲時才自己一個人溜回台灣吧。」

彥基和偉戈交換了眼色，兩人臉上都露出恍然大悟的神情。這聽起來的確和胡靚妹當年所探得的消息有些關聯，看樣子游美幸夫婦真是為了躲債或作生意，而帶著四、五歲的奧立佛飛到了東南亞。當初那個不知名的東南亞國家，原來就是新加坡！他們並沒有透過管道將奧立佛送還給美國的生父，而是那對不孕的夫婦將孩子占為己有了！

直到發生了某些原因，才促使年少的奧立佛逃離那個家、飛離新加坡，回到自己的出生地。難道他對胡靚妹還有任何印象？或者也曾經在這片土地尋找過生母的下落？不過現在至少可以確定，他們循線追蹤的這個胡思恩的確就是奧立佛，而且人也還在台灣！

偉戈興沖沖地問：「啊那個星州仔是不是還在台中？有沒有任何人知道他現在住哪裡？」

「哇，你這可問倒我了，這至少也是二十多年前的事囉！我只記得他們幾個年輕人到我坪林的老窩批過幾次貨，後來就消失得無影無蹤了。」

「花蓮！」那位戴墨鏡的男子突然開口，還緩緩摘下那付深黑色的太陽眼鏡。

他看起來應該也是個四十出頭的中年男子，一邊用面紙擦著手中的鏡片，一邊若有所思地說：「我在還沒跟火龍哥之前，年輕時也和他們幾個外地人混過一陣子。我記得當時大家都笑他長得太顯眼、太帶衰了，每次幹什麼壞事都會一眼就被認出來，還開玩笑說他應該要躲到原住民的部落，混在那些濃眉大眼、五官立體的族群當中，就不會那麼鶴立雞群了！結果沒幾年後，還真聽說他跑到靜浦部落去住了！」

彥基可能也聽過那個地名，再次確認地問：「是阿美族的那個靜浦部落嗎？」

墨鏡男子想了一下：「是吧？我記得好像是在花蓮縣的豐濱鄉嘛！不過都已經這麼多年了，我也不敢確定他是不是還待在那裡。況且他後來好像因為身分問題，也被抓去服兵役了，在那之後就再也沒有他的消息了。」

如果胡靚妹在一旁，肯定也會振奮不已，因為他們可能正一步步更接近奧立佛了。她要是得知自己的兒子，在年少時就隻身從新加坡跑回台灣，居無定所淪落在不同的城鎮，還要靠著聚賭或販毒來維生……她肯定又會自責是自己當年的粗心大意，才會造成兒子日後的誤入歧途。

無論如何，他們必須跑一趟花蓮，尋找靜浦部落中任何認識奧立佛的人，或者追蹤到關於他的蛛絲馬跡！

XVI 札魏

離開火龍果的巢臼後，偉戈就開著鳳凰號上了台十四線，預計進入花蓮之後再轉往台十一線的海岸公路，大約六十多公里後就可抵達花蓮縣豐濱鄉的靜浦部落。不過礙於胡靚妹的身體狀況，他們一路上只能停停走走，在一些觀光景點的休息站停車，好讓她老人家能出來透透氣。因此原本預計八個多小時的車程，最後也因為天色已晚，而在南投縣的仁愛鄉過夜。

彥基轉述了從火龍果那裡得來的消息，柔涓和夢爵士聽了都雀躍無比。

胡靚妹則從剛開始的喜悅，沒多久就陷入滿面愁容，連晚餐時間到了也沒有心情吃飯或服藥。他們一路尋訪的那位又聚賭又販毒的胡思恩，雖然輪廓已經越來越清晰，甚至已經能斷定確實就是奧立佛。但是，她的內心卻湧起一股悲喜交集的矛盾。

就像彥基所預料的，她將一切的錯全都歸咎在自己身上，彷彿這四十多年來只要奧立佛沾上任何污點，都是她一手造成的。

柔涓右手拎著一只裝著藥丸的塑膠杯，左手握著玻璃水杯，杵在她的床邊苦口婆心地勸著：「靚阿姨，妳這樣飯也不吃、藥也不服，怎麼能撐完這一趟旅行嘛？就算我們到時候找到了奧立佛，妳也沒有體力去見他呀！」

「對呀，況且那都是二十多年前的事，他當時應該只是年少輕狂又走投無路，才會幹下那些違法的糊塗事，現在肯定早就金盆洗手了，搞不好還在哪裡闖出了一番大事業呢！」夢爵士也湊了過來，表情誇張地安慰著鬱鬱寡歡的胡靚妹。

「不是啦，我難過的是……曾經最信任的美幸，竟然真的帶著奧立佛躲到新加坡。我當初那麼相信他們，為什麼她還要活生生拆散我們母子倆？為什麼那對夫婦可以那麼自私、那麼殘忍？讓我這些年來過得生不如死……」

胡靚妹的雙手用力揪著小腹上的被單，就像她此刻糾結成一團的心情。

柔涓放下的藥丸和水杯，溫柔地握住她顫抖的雙手：「靚阿姨，妳就不要再想那麼多了，那些事情都已經發生了，我們沒有辦法去改變過去，只能期許在這短短的未來可以盡快找到奧立佛。」

夢爵士也在一旁打氣著：「所以妳更不能這樣不吃不喝，再這樣下去就會瘦得皮包骨，哪天見到奧立佛時他哪敢跟妳相認呀？台灣第一代爵士女歌手蒂娜，竟然變成了瘦皮猴歌手啦！」

語畢，還用舌尖頂著上牙床，翹著屁股裝出一副小猴子搔癢的滑稽模樣。

胡靚妹噗哧笑了出來，還用手打了一下他的屁股：「你這個古靈精怪的小子！我看我哪天要是有什麼心臟病，肯定是因為看你耍猴戲才發作的！」隨之才乖乖吞下了那幾顆藥丸，也動了筷子吃著柔涓為她準備的那份養生餐。

當天色暗下來後，偉戈將鳳凰號停在碧湖附近。從霧社的方向望出去，剛好可以看到仲夏月圓的夜空，銀白色的月光撒在湖面上，彷彿像幾千尾發光的銀魚，在寧靜的碧湖上優雅地跳耀著。

彥基、柔涓、偉戈和夢爵士趁著胡靚妹入睡後，都走了出來坐在山坡上乘涼，欣賞著群山中的那面湖水。碧湖修長的形狀宛如佛像上細長的鳳眼，安詳地躺在這萬籟俱靜的夜裡淚光閃閃，無語地凝視著遙遠的無垠天際。

柔涓低頭撥弄著身邊的野草，漫不經心地說：「你們會不會擔心，我們這樣東奔西跑的尋找，最後所找到的奧立佛，可能會出乎我們意料之外？譬如說是個作奸犯科的通緝犯，或者是個無惡不作的槍擊犯？」

彥基躺在草地上默默不語，反倒是夢爵士嘆了一口長長的氣：「這也不是沒有可能，不過還不至於會是個通緝犯或槍擊犯啦！根據阿Hi所駭回來的各種資料看來，這些叫胡思恩的男子在不同年代所犯下的案件，都不是什麼重大刑案。前幾天他也幫我們上過警政署的官網，在歷年查捕逃犯的公告上，並沒有見到胡思恩這號人物。」

「就算是什麼通緝犯或槍擊犯，那又怎麼樣呢？再怎麼說也還是靚阿姨的兒子呀！假如說她連我這種混吃騙喝的奧咖，都可以一而再、再而三的寬容與教化，我相信她也能接受奧立佛並不是那麼……體面的在討生活……」偉戈剛開始還說得有點激動，可能意識到自己有些失態後，才又壓低了嗓門含糊帶過。

柔涓伸了伸舌頭，尷尬地望著偉戈：「你不要誤會，我並不是在影射你……」

「沒事的，是我自己失禮了。」

他們四個人或坐或躺凝視著遠方的湖水星空，偶爾有一句沒一句地搭著話。奧立佛就像是一條將他們串在一起的透明絲線，那個名字雖然聽起來如此遠在天邊，對他們來說卻又像是天天朝夕相處。

*

第二天早上，他們繼續啟程前往靜浦部落，在靠近花蓮沿海後便轉上了台十一線。筆直南下的海岸公路上，天空藍得令人無法置信，讓人有一種置身在沙漠上追逐海市蜃樓的錯覺。左邊的車窗外是一片放眼無際的海水連天，白色的浪花如同推動搖籃的手，在沙灘或礁石之間自有韻律地推送著。右邊的窗外則是高聳延綿的防波堤，偶爾也會出現幾幢孤獨的洋房，兀立在綠色的草地上，一扇扇窗口就像是一雙雙深邃的眼眶，痴痴地望著前方那片遙遠的海。

過了大灣、石門、石梯、大港口之後，他們跨過秀姑巒溪上的新長虹橋，左轉後就進入那個臨海的小村落「靜浦」。在這個只有一千多人的部落裡，大約有百分之九十五的居民是阿美族，其餘的則是附近的駐軍，或是後期遷入的新族群。

當鳳凰號才剛駛在通往部落中心的鄉間小路，前方就有一位檳榔攤的少女，站在路旁不斷朝他們揮手。偉戈好奇地停了下來，那位身著阿美族傳統服飾招攬生意的女孩，便上氣不接下氣跑了過來。

「你們不要再往前開了，這麼大一台遊覽車，部落裡不見得有停車位喔！不如就先停在我們這裡，到時就隨便意思給個停車費就好的啦，你們待會再慢慢散步逛進去吧。」

偉戈回頭徵詢了其他人的意見後，便將車子轉到那間附設檳榔攤的民宿旁。趁著柔涓和偉戈還攙扶著胡靚妹下車、坐上輪椅前，彥基和夢爵士已經先走到那個檳榔攤兼民宿的檯子前，向剛才那位少女問了幾句。

「不好意思，其實我們是來這裡打聽一個人。聽說他二十多年前曾經住過這裡，是個混血兒長相的男子，不知道部落裡是否還有這麼樣的人？」

「呵呵……先生，我們阿美族本來就有許多族人長得很像混血兒！不過你說是二十多年前，那時我都還沒有生出來呢，你可以去問問我們札魏（Cawi）的頭目或長老們，這種事情長輩們應該比較清楚的啦！」

彥基有點疑惑：「札魏是頭目的名字嗎？」

「不是啦，札魏是我們阿美族語，就是靜浦的意思啦！」

少女掩著嘴笑了出來，水汪汪的大眼睛彷彿也微笑著。她順手在舊報紙上畫了個簡單的地圖，還在其中一個代表房舍的格子上標了個箭頭，寫著大大的「頭目」兩個字，然後將紙頭遞給了他。

彥基端詳了好一會兒，都已經轉身離去了，一旁的夢爵士卻還是欲走還留，支支吾吾地又問那位少女：「那……妳的阿美族名字叫什麼呢？」

「瑪卡帕（Makapah）！」她滿臉笑意，很大方的就將名字報上。

「瑪—卡—帕？」夢爵士跟著她唸了好幾次，卻還是抓不準發音：「這個名字有什麼含意嗎？聽說有些原住民會視小孩出生時，發生了什麼事情而命名，是真的嗎？」

「也不見得啦，瑪卡帕在我們族語是『漂亮』的意思，應該只是我瑪偶（Mama）希望我長大後，能夠亭亭玉立、花容月貌，不要變得像恐龍妹那樣啦。」

夢爵士竟然很諂媚地接腔：「那麼妳媽媽真是料事如神，因為妳的確是人如其名，非常的瑪卡帕！瑪卡帕嗨！」

她突然大笑了出來：「瑪偶是爸爸啦！茵那（Ina）才是媽媽。」

夢爵士聽得一愣一愣：「什麼？你們族語的『瑪偶』是用來稱呼爸爸？這實在是天下奇聞喔！」

瑪卡帕點了點頭：「如果你的語言天分這麼差，乾脆就叫我的英文名字Sandra好了，這應該比瑪卡帕容易發音吧？」

「Sandra？聽起來像台語的『山蛇』……不要不要，我還是叫妳瑪卡帕比較有美感。」

柔涓在遠處喊了好幾聲，夢爵士才總算依依不捨地轉身離去。

他也說不上來為什麼心中會有一種甜甜的感覺？過往他戴著半透明的磨砂面具面對女性讀者時，總是有一種恐懼、靦腆與手足無措的感覺，就算是隔著三落書的距離也還是會讓他焦躁不安。但是面對瑪卡帕時，他卻完全沒有那些奇怪的「症狀」，反而是陶醉在瑪卡帕那股如沐春風的純樸，與陽光燦爛的溫暖笑容中。

「難道這種感覺……就是傳說中的『心動』？」夢爵士喃著那句在小說中寫過幾百次的陳腔濫調，卻還是生平第一次感受到它的神奇魔力！

他們一行人走了十多分鐘後，就看到秀姑巒溪與海水交界的美景，溪中那座叫「獅球嶼」的小島，將出海口岔成了南北兩個出口。阿美族人稱它為「奚卜蘭島」，聽說數十年前自然生態未被污染時，每到夜晚時分它就會幻化成一座美麗的白色小島，千百隻倦鳥歸巢的白鷺鷥，總會棲息在小島上過夜，壯觀的景緻美得令人屏息，可是如今那夢幻般的奇觀再也不復見了。

彥基依照瑪卡帕的地圖，找到了那棟兩層樓的平房，不過卻被頭目的妻子告知，他一大早就出門到山上種田、養雞了。這個時間通常會是在溪邊或海邊捕魚，她還走出屋外指著左前方的那片海。

彥基和柔涓當下決定，乾脆就直接到海邊去找找看。

那位熱情的頭目夫人，看見頂著大太陽坐在輪椅上的胡靚妹，馬上熱心地招待她到屋內納涼。偉戈也推著輪椅跟了進去，還回過頭嚷著：「你們和阿夢去就好了，外面的太陽這麼毒，我陪靚阿姨在這裡等吧！」

他們並沒有花太多時間，就在秀姑巒溪的出海口附近看到了一艘塑膠筏，撐著竹竿的長者技巧熟捻的將「八卦網」撒進水中，偶爾還檢查著漂在水中的魚筌。他們朝著那艘捕魚筏不斷地揮手，沒多久才總算引起對方的注意，而緩緩把塑膠筏撐回岸邊。

彥基大聲地喊著：「請問您是頭目嗎？」

海風和海浪的巨響幾乎快淹沒了他的叫喊聲，不過剛靠岸的那位長者應該是聽到了，還順勢點了點頭。這位看似中年歲數的頭目，其實早已七十多了，卻仍然長得一副黝黑精實的模樣，一下子就身手矯健把捕魚筏給拖到了岸邊。

他那副忠厚老實的臉孔充滿疑惑：「我認識你們嗎？」

「我們是特地從台北來的，想向您打聽一位二十多年前住過這裡的外地人。他的本名叫胡思恩，是個混血兒長相的男子，綽號叫作……」

「星州仔？」彥基都還沒有把話講完，頭目就已經脫口說出了那個綽號。

柔涓興奮地走到那位頭目跟前，激動地問：「你認識他？請問他還住在部落裡嗎？」

「呵呵……這裡老一輩的哪個沒聽過『阿哆仔面』的星州仔？他只在這邊待過一兩年，就被拉去當國民兵了啦，後來應該就沒有回來過了？這個你們要去問素里妲（Suleda）才知道的啦！」

「素里姐?」柔涓睜著不解的雙眼看著頭目,她對當地人不時溜出的族語,還是有那麼點無所適從。

頭目那才補充地說:「她是星洲仔以前的女朋友,就是村子口那間民宿的女主人。」

夢爵士有點好奇地問:「是瑪卡帕那間有檳榔攤的民宿嗎?」

「對呀,素里姐就是瑪卡帕的小姑姑!不過,你們為什麼要打聽星州仔的消息?他是不是又在外面犯了什麼大案件?他呀,都二十幾年了,難道還沒有任何長進嗎?」

彥基連忙解釋:「不是的不是的,我們是陪星州仔的母親來找他,他們母子已經失散四十多年了……」他大略將胡靚妹的情況告訴頭目,也將為什麼會來到靜浦部落的始末大概說明了。

「走吧,如果你們不嫌棄,今晚就到我家吃飯!我可以介紹幾位長老給你們認識,大家七嘴八舌應該可以問到更多星州仔的事情。」頭目將捕魚筏拉到岸邊的草堆裡綁了起來,就帶著他們三個人散步走回家。

不過,他們一行人回到長老的家之後,卻看見一幅非常有趣的景象。

坐在輪椅上的胡靚妹正杵在客廳中央,周圍除了頭目夫人之外,還圍著另幾幾位中年或老年的阿美族婆婆媽媽。其中一位看起來九十多歲的銀髮老婆婆,正喝了一口小米酒,唸唸有詞地喃著一些聽不懂的阿美族咒語。

胡靚妹看見柔涓和彥基,還笑呵呵地張著嘴興奮地說:「頭目夫人說我這種久病不治(Pakawasay),可以請巫師(Cikawasay)幫我舒緩病情呢!剛才巫師婆婆已經幫我用米糕、豬肉和小米酒祭過神明，這樣就會保佑我一路上健康平安……好有意思喔！」

他們聽著胡靚妹滔滔不絕地講著，還學著阿美族人穿插了幾句族語，臉上則露出一種像在嘗試新鮮事物的喜悅表情。經過幾個簡單的儀式後，她握著巫師婆婆的手不斷道謝，雖然她心知肚明這只是原住民的民俗療法，可是心情卻在儀式之後變得非常平靜與舒坦。

原來巫師在部落裡也扮演著如心理醫師的角色，安撫了病患們對未來與未知所產生的恐懼情緒。

頭目將手中的幾條烏魚，還有竹蝦籠裡的溪蝦遞給了妻子，還叮嚀地說：「這幾位台北來的朋友，今天就在我們家吃晚餐吧！妳幫忙招呼一下，我去打通電話請部落裡的幾位長老來喝酒聊天。」

「好的啦，那我就隨便炒幾樣我們阿美族的傳統美食，你們吃得習慣海鮮和野菜吧？」頭目夫人親切地問了他們幾位外地人。

大夥都點了點頭，柔涓還客氣地問：「這樣會不會太打擾你們了？」

「不會不會，我們札魏的阿美族最熱情、最好客啦！你看部落的哇哇（Wawa）們都到大城市工作了，我們留在這裡的老人家已經好久沒有熱鬧過了！」

她拎著手中的魚和蝦，話才剛講完就已經一溜煙跑進廚房裡張羅起晚餐了。

「咦？阿夢沒有跟你們一起回來嗎？」被胡靚妹這麼一問，大夥才發現這屋子唯獨少了夢爵士。

偉戈馬上走到門口張望：「那個猴囝仔，會不會是回車上吹冷氣睡覺了呀？」

柔涓皺了皺眉頭，順勢從皮包掏出了手機：「才五點多而已，他睡什麼覺？」她撥了夢爵士的手機號碼，沒多久就開始問東問西，最後才滿意地掛上手機：「這小子偷偷溜回去找瑪卡帕了，兩個人現在跑到村外去看那個什麼『北迴歸線紀念塔』了！」

偉戈笑著說：「哇塞，他的手腳那麼快？我還一直以為他討厭女孩子？或者是個彩虹同志呢！」大夥聽到他這麼形容夢爵士，全都大笑了出來。

*

大約一個多小時後，頭目一家人就準備好豐盛的晚餐。

頭目夫人還很有耐心地介紹那些特殊的菜色：「這些炒野菜是山蘇、過貓、龍葵、刺莧和樹豆；這種小魚苗叫作『不撈（Podaw）』或蝦虎啦，是秀姑巒溪的特產；旁邊這個就是我們阿美族特有的『希撈（Siraw）』，就是你們說的醃肉啦！我們把生肉敷抹上鹽巴不斷搓揉，風乾後放到陶罐子裡，再倒入一些小米酒封存，一個月後就成了這種美味的希撈了。」

她還語帶神祕地說：「其實內行人都知道，有生蛆的希撈才是最上品的啦！不過你們外地人肯定吃不慣，所以我就沒有端出來了！」

柔涓聽完後差一點嚇壞了，正當她還慶幸頭目夫人並沒將那道驚人的生蛆希撈端出來，卻被接下來的另一道菜給嚇了一跳。

「這一小碟『富卡（Foka）』你們可以試著拌飯吃，這可是我們原住民的美食極品，也是部落裡的顧胃聖品喔！」

粗枝大葉的偉戈馬上快手快腳挖了一勺拌飯，嚼了幾口後表情有些怪異：「味道怎麼有一點苦苦的？這富卡到底是用什麼做的呀？」

「飛鼠大便！」他聽到頭目夫人如此回答，筷子幾乎快掉到地上了。

頭目卻哈哈大笑：「你們不用擔心，這很乾淨的！是從飛鼠的腸子裡取出的消化物，牠們是草食性動物，尤其喜歡吃山中珍貴的草藥，所以許多族人都認為富卡是可以健胃整腸的『健康食品』呢！」

彥基、柔涓和胡靚妹看著偉戈滑稽的表情，也跟著笑了出來，還起鬨地說：「阿偉長途開車很辛苦，腸胃肯定不是很好，你就幫我們多吃一點唷……」

逗得他的臉一陣紅一陣綠，還逞強地喊道：「令北哪有在驚蝦咪的啦！」然後又扒了好幾口富卡拌飯。

當他們結束那頓奇異的晚餐後，部落裡的幾位長老也陸續造訪。

頭目與妻子端出了好幾罈自釀的小米酒招待客人，也一一為大家互相介紹：「這位是我們豐濱鄉的總頭目、靜浦村的村長、社區發展協會的幹事，還有那一位是靜浦國小的資深主任。他們都為我們部落貢獻了許多心力，也為豐濱鄉向縣政府爭取過許多福利，這幾十年來部落裡大大小小的事，他們可能比我還要清楚。」

那位總頭目年紀大概也是七十多歲，卻仍是濃眉大眼、氣宇非凡，他看著胡靚妹親切地問：「聽頭目說，你們是到這裡打聽星州仔的消息？這位太太難不成就是他住在新加坡的媽媽？我們當年常聽他提到妳喔！」

彥基瞥見胡靚妹的表情有點不知所措，馬上幫她接腔：「不是的，這位是星州仔在台灣的親生母親，在新加坡的那位只是養母。當年靚阿姨將兒子託給那對夫婦照顧，他們卻背著她偷偷將四、五歲的星州仔帶到新加坡……占為己有。」

總頭目喝了一口小米酒，搖了搖頭：「怎麼會有那麼可惡的人？這種人肯定會遭到懲罰的啦！」

比較年輕的那位幹事拍了一下大腿道：「我以前和星州仔很麻吉，好像也聽他提過自己應該有兩個媽媽。他之所以會跑回台灣，就是想打探那位生母的下落。可是他回到台北之後一切都人事全非，根本就不知道該從何找起，因為他連生母的中文名字都不記得，只知道她好像有個洋名叫什麼娜的……」

「蒂娜。」胡靚妹幽幽說出了那個遙遠的名字，原來奧立佛還記得她！

「對對對！原來妳才是他的親生母親？我還一直以為星州仔當完兵後已經找到妳，或者早就回新加坡去了，不然怎麼會連靜浦都沒有回來，連當初愛得死去活來的素里妲也拋諸於腦後？」

胡靚妹納悶地唸著那個名字：「素里妲……？」

一旁的那位主任也搭話：「是呀，要是星州仔沒有被拉去當什麼國民兵，可能早就和素里姮結婚生子了，或許現在還一直留在我們部落呢！」

幹事搖搖頭反駁：「這不見得喔，如果我沒有記錯的話，素里姮曾經跟我說過，星州仔尋找生母的最後一線希望，應該就是回到南部老家去等。因為他有一些小時候的記憶片段，生母好像告訴過他，只要找到工作、賺到錢就一定會回去接他！」

胡靚妹聽到那幾句話，情緒頓時崩潰，豆大的淚珠瞬間在滿布細紋的臉上刷了下來。

她抓住身旁的柔涓聲音沙啞地說著：「他竟然記得我……還記得我說過的那些話！原來奧立佛也一直在找我、一直在等我……」

當年在美幸家門外的畫面，彷彿像幻燈片般不斷快速閃過她的腦海，她永遠記得自己無力地倚在紅色的鐵門邊，聽著門內小小的奧立佛嘶聲地喊著：「蒂娜，我後悔了！蒂娜，回來……回來……不要丟下我……」

一字一句就像是一根根鋼釘敲進了她的心房，將她的雙腳牢牢釘在那裡。如果當初她回過頭衝進屋子裡，將他緊緊摟在懷中，無論日後會多麼辛苦、多麼困難，也執意要把他帶回台北，那麼就不會有這四十多年來牽腸掛肚的骨肉分離了。

她倒在柔涓的臂彎裡，柔腸寸斷地喃著：「我為什麼那麼狠心……我為什麼要那麼堅強！如果我當時軟弱一點就好了……」

一旁的彥基輕輕拍著胡靚妹的背安撫她，卻突然想到了什麼，回過頭問那位幹事：「他說的那個老家，是高雄？還是屏東？因為高雄是那位養母的夫家，屏東才是靚阿姨的娘家。」

幹事想了半天有點猶豫地回答：「應該是高雄吧？我從來沒聽他提過屏東呀？如果他對生母的印象都那麼模糊了，你認為他會記得生母的娘家是在哪裡嗎？」

彥基從柔涓的懷裡將哭成淚人兒的胡靚妹扶了起來，用一種肯定的語氣告訴她：「靚阿姨，奧立佛一定還在高雄，我們這幾天就下去找他！」

胡靚妹那雙充滿無助與自責的眼睛，終於閃過了一絲光芒。

這麼多年來，她從來沒有想過長大成人後的奧立佛，有可能會回到那個南方城市，回到那個當年被生母撒手丟下的傷心地，等待童年時那個遙不可及的承諾，與遙遙無期的重聚之日。

雖然，他們也不敢確定奧立佛是否會一直留在那裡落地生根，但是至少如今的目標範圍已經越縮越小了。比起剛開始那種無頭蒼蠅似的奔波，又邁出了更大的一步，也越來越接近那位從未謀面過，卻如此熟悉的星州仔、胡思恩或奧立佛。

XVII 豐年祭

晚上十一點多，他們一行人才離開頭目的家，也許是「奧立佛行動」的眉目已經越來越清晰，幾個人都和長老們乾了幾杯小米酒。當然喝得最多的就是偉戈，他雖然腳步踉蹌卻仍堅持推著輪椅，還不時朝著海的方向大聲地唱著歌，無論彥基怎麼使勁想拉回輪椅，他卻還是推著胡靚妹輕飄飄地走在部落的小路上。

當他們回到村口的停車場時，夢爵士和瑪卡帕早已在民宿的客廳裡看電視。夢爵士一見到他們，馬上衝了出來興高采烈的跟大家說：「瑪卡帕騎機車載我去看北迴歸線紀念塔喔！我們還到『巴拉峨巒溪』看鱗剝凹壁和抓溪蟹呢！」

柔涓曖昧地看了他一眼，捉狹地說：「原來大名鼎鼎的暢銷小說家夢爵士，也是個見色忘友的凡夫俗子呀？居然還會玩那些臨時脫隊、搞失蹤的把戲！」

夢爵士連忙壓低聲音，在柔涓的耳邊解釋：「哎呀，沒有啦……我也不知道怎麼會這樣子？就好像是大腦中樞神經已經不聽我的控制了……」

滿身酒氣的偉戈擦身而過時，也調侃地喊了一聲：「吼，戀愛！」一旁的瑪卡帕頓時漲紅著臉表情尷尬。

「反正你已經錯過剛才的重大新聞，我們明天早上就要出發下高雄囉。」彥基一邊說著，一邊從輪椅中扶起了靚阿姨。

夢爵士的雙眼突然睜得老大，臉色也變得有點若有所思：「你們確定奧立佛是在高雄？」

彥基很乾脆地回答：「大致上是這樣子！」

「可是偉戈醉成那個樣子，明天早上可以開車嗎？那樣很危險的耶……我們還是要以靚阿姨的安全為考量嘛！」

「阿夢，你到底想說什麼就直說吧，不要這樣拐彎抹角、支支吾吾了。」柔涓皺著眉望向夢爵士。

「沒有啦，就是……再過幾天就是靜浦部落的阿美族豐年祭，村子裡會有很多熱鬧的慶祝活動，我剛才還答應瑪卡帕要留下來參觀。」

瑪卡帕也在一旁幫腔：「是呀，每年七月第三個星期的Malikoda，是我們部落一年一度的盛事，許多在外地工作的『哇哇』們都已經陸續回來共襄盛舉了。瑪偊和素里姐阿姑剛才也出發到花蓮市，明天一大早要接好幾對投宿的觀光客入住，聽說部落裡的幾間民宿也都爆滿了。瑪偊還特別交代，要我邀請你們留到星期六，參加部落的宴客日湊湊熱鬧嘛！」

「這……」彥基和柔涓面帶難色，也不知該如何推拒瑪卡帕的盛情邀請。

本來還在一旁睡眼惺忪的胡靚妹，聽到那個耳熟的名字後，馬上好奇地問瑪卡帕：「素里姐什麼時候會回來？」

「應該是明天中午或下午的啦？瑪傌接到那幾位客人之後，就會帶他們回來入宿安頓。素里姐阿姑則會幫他們安排後面幾天的豐年祭行程。」

胡靚妹轉過頭問彥基：「那麼我們就多留幾天看看豐年祭吧？我剛好也想見見素里姐，和她聊一聊奧立佛的事。」

彥基領會到胡靚妹的用意，和柔涓交換了眼神後，就向夢爵士和瑪卡帕宣佈：「好啦，既然連靚阿姨都這麼說了，我們就留下來看豐年祭！」

這下子夢爵士又活了過來，手舞足蹈拉著柔涓和瑪卡帕歡呼了好幾聲。

往後幾天，瑪卡帕陪著他們參觀了許多部落中的活動。他們見識到豐年祭前，頭目與勇士們遵循古禮，在晨光中赤著腳跑步到花東其他部落，邀請各個阿美族頭目的「報訊息（Patakus）」禮俗。

那些背著五彩肩帶、身穿紅色傳統單片褲、頭戴鷹羽與竹笙流蘇頭飾的部落年輕男子，被一大群阿美族的婦女們夾道簇擁。她們頭頂白羽花帽、穿著艷紅的阿美族服飾，組成了一個浩大的歡送隊，在村口熱熱鬧鬧揮別任重道遠的長跑勇士們。

夜晚的沙灘上，也有專為觀光客們舉辦的「原住民之音」歌舞表演。阿美族的男子們從花白的潮水中踏浪而出，在繁星點點的星空下拉開了序幕，用歌舞演繹這個美麗部落的古老傳說。

夢爵士、柔涓和彥基也被熱情的族人們拉著手教唱傳統歌舞，和一群觀光客們圍著營火載歌載舞，一旁的胡靚妹和偉戈，也被熱鬧的氣氛感染得直拍手，大家都暫時忘卻了懸在自己心頭上的一些煩惱。

周末的宴客日，靜浦部落也正式湧進更多的部落好友，由於豐年祭的前三晚是屬於部落男性迎靈及宴靈的族內祭典，直至星期六才會正式開放宴請遊客的慶典，除了有青年、戰士與淑女們輪番上陣的歌舞助興，還有各種迎賓、祈福、殺豬、送靈的儀式。

胡靚妹也是等到這一天，才終於見到族人口中的素里妲。

她是個年屆輕熟女的原住民女子，清秀的樣貌看起來大約只有二十出頭，巴掌大的瓜子臉有著一雙如少女般靈秀的眼眸，上揚的嘴角旁還有一對淺淺的梨窩。她身上那襲鮮紅色的阿美族傳統服飾，更將她雪白的肌膚襯得白裡透紅，看起來頂多像是瑪卡帕的姊姊而已。

她領著幾位遊客緩步優雅走在人群中，在活動中心的廣場旁耐心講解著部落的風土民情，還幫著他們拍照留影，或在場邊指點他們一些基本的阿美族舞步。

胡靚妹在遠處觀察這位長相靈秀的女子良久，卻一直沒有機會與她面對面交談。

直到當晚的宴客活動結束後，他們一行人回到民宿旁的停車場時，才終於見到素里妲和瑪卡帕正在屋前納涼。瑪卡帕一見到他們回來，馬上就拉著姑姑走上前，一一將大家介紹給她認識。

「這位就是我跟妳提過的大作家夢爵士，還有妳以前很欣賞的偶像歌手白柔涓姊姊，以及他們的朋友彥基大哥和偉戈。」

素里妲彎了彎腰，笑容可掬地說：「真是不好意思，你們都來了這麼多天，我忙到現在才總算有空和你們打招呼，如果有虧待之處還請多多見諒呀。」

「哪裡的話，瑪卡帕和令兄百忙之中還這麼關照我們，我們才不好意思呢……」柔涓禮貌地寒暄了幾句，還順手摟了摟瑪卡帕的肩頭。

小妮子才又急忙道：「我還沒講完的啦，後面那位就是靚阿姨，就是她一直說想要見見妳喔！」

「真的嗎？我又不是什麼名人？」素里妲露出好奇的表情，有點不好意思地笑了出來。

胡靚妹早在一旁仔細地端詳著她，也馬上點了點頭微笑地說：「我是奧立佛……不，是星州仔的母親啦！」

此話一出，素里妲的笑容突然僵掉了，隔了幾秒才回過神問：「妳是新加坡那位？還是他之前在尋找的生母？」

「我是蒂娜。」

「真的？怎麼可能這麼巧！星州仔有沒有跟你們一起來？」素里妲環顧了四周，只見其他幾個人默默搖了搖頭。

「難道……他還沒有和妳搭上線？天呀，他好多年前就已經回高雄找妳了呀？」她的語氣中帶著點激動與訝異。

胡靚妹幽幽地回答：「是呀，我是這幾天才知道的，也不敢確定他現在是否還在那裡……」

彥基向其他人使了個眼色，示意大家先回鳳凰號，好讓她們倆能單獨聊一聊。

素里妲帶著胡靚妹慢慢走到民宿門口的那棵大樹下，還很肯定地說：「星州仔一定還在南部，因為他記得妳帶他回過娘家，印象中那裡應該離高雄不會很遠，是個有海港、沙灘和曬魚場的漁村。」

「那是我屏東的娘家。」

「原來是屏東！他之前曾經提過，再怎麼樣妳每年總還是會回娘家，每次途經高雄時至少也會想到，他曾經在那裡苦苦等過妳，因為妳答應過他，一定會回去接他……」

胡靚妹忍不住低下頭摀住了嘴，肩膀不斷地抽動著，淚水不由得又在眼眶打轉。

「那一次之後，我就再也沒回過屏東的娘家了。那幾年我也跑過好幾次高雄鳳山，看著美幸的家從剛開始的人去樓空，到後來搬入新住戶甚至拆遷改建，我才意識到他們一家子再也不會回那裡了。可是……我從來沒有想到，奧立佛長大後會逃離他們……跑回台灣找我，而且還記著我當年承諾過的事……」

素里妲輕輕撫著胡靚妹瘦弱的肩頭，靜靜地凝視著她，耐心地任由她將這些年來的淚水一股腦兒渲洩而出。良久，她才繼續說：「星州仔離開靜浦部落後，一直都有寫信給我，斷斷續續也寫了十多年。從剛開始在軍中每個月一封信，到退伍後每年都會寄上一張賀年卡，直到他知道我嫁人了，才沒有繼續寫。」

「妳為什麼沒有到高雄去找他？你們不是相愛過，怎麼到最後還是分隔兩地？」

她嘆了一口氣：「怎麼說呢，也許這就是緣份吧？當年他有自己的目標與理想，不可能一輩子都留在我們部落，而我也堅持不願意離開這個從小生長的村子，畢竟那時候我哥還在台北工作，家裡又有一雙年邁的父母，我根本不可能拋下他們不管。後來，我開了這間民宿又結婚生子後，就更沒有想離開靜浦部落的念頭了。」

「我們在這裡好幾天了，只見過妳哥哥和姪女，怎麼都沒見到妳的先生或小孩呀？」語畢，胡靚妹還回過頭望了望民宿的客廳。

「他們不住在這裡的啦，我已經嫁到秀姑巒溪對岸的大港口村，那邊也是我們阿美族的另一個部落，丈夫和小孩都在大港口的夫家，我每天就這樣兩岸跑，也算是另類的通勤職業婦女吧！」

素里妲突然想起什麼，馬上站了起來：「靚阿姨，妳等等！我這裡有些東西應該對你們有所幫助。」隨之便轉身跑進身後的屋子裡。

隔了十多分鐘後，才見她上氣不接下氣跑了回來，手中還捧著一個斑駁的紅棕色鞋盒。

「這裡有一些星州仔寫給我的信和賀年卡，我結婚時怕丈夫發現會吃醋，因此一直將它們留在靜浦娘家的閣樓上。雖然星州仔的地址換過好幾次，不過至少可以確定他在高雄待了許多年。」

胡靚妹的雙手顫抖著，接過了那十多封信和卡片。她盯著破舊信封上工整有力的字跡，難以想像這會是當年那個小小奧立佛的字。最讓她意外的是，在那疊信件當中，竟然還夾著兩張泛黃的3×5彩色相片。

素里妲驚訝地喊了出來：「呀，我都忘了有這兩張照片！妳看，這就是二十多年前的星州仔。」

那兩張照片，一張是素里妲和奧立佛在沙灘上的合影；另一張則是奧立佛一個人坐在溪邊的巨石上，笑容滿面地拎著一隻剛抓到的溪蟹，後方的背景還是當年的那座舊虹橋。胡靚妹戴上掛在胸前的那副老花眼鏡，很仔細地看著那兩張照片，此刻的她完全無法形容內心的那份驚喜，就像在瞬間穿越了時空，在未來的世界看到了兒子的身影。

那個曾經讓她朝思暮想的小小奧立佛，早已是個身材修長、英俊挺拔的帥氣青年了，相片中還留著一頭深棕色的披頭四長髮，瀏海下襯著一張清秀的鵝蛋臉，深邃的大眼睛和俏挺的鼻子，像極了當年的萊恩‧堅肯斯，就連那種小男孩般的頑皮笑容，也簡直是父親的翻版。

胡靚妹感動地握住那一疊信件和照片，不斷向素里妲道謝：「這對我來說實在是太珍貴了，妳讓我提前看到兒子長大後的模樣，將我這一路上腦海中所想像的奧立佛具象化了，我真的……不知道該如何感謝妳……」

「靚阿姨，妳太客氣了！我只能告訴妳，我認識的那個星州仔，的確是個心地善良、善解人意的好男人。或許，他當兵前曾經作過一些逞兇鬥狠的傻事，但是那也只是當時年輕氣盛而已。

我從他過往所寫的這些書信中，清楚看著他的轉變與成長，無論當年其他人曾經如何看他，我相信現在的他一定是個堂堂正正的好丈夫，或者是好爸爸！」

素里妲從那疊信件裡抽出了其中一張卡片，然後慎重其事地告訴胡靚妹：「這是星州仔寄給我的最後一張賀年卡，雖然信封上並沒有寫明寄件地址，可是看起來好像是某個營業場所寄給客戶用的卡片，而且連續三年都是大同小異的圖案。你們或許可以找到這個地方問問看，他應該在那裡工作過很長的一段時間。」

胡靚妹打開那只紅色的信封，裡面是一張純白的賀卡，卡片的正面印著一個打凸的正方形圖案，上面如拓印般印著一隻火紅色的鳥，拖著長長的尾翅盤旋在方格裡，看起來像是鳳凰或孔雀，不過鳥身卻佈滿了許多火焰紋路，圖案下方則印著一行「恭賀新禧」的吉祥話。

她翻到背面，只看到下方印著一排小小的英文字「The Palace of Firebirds • KaoHsiung」。卡片裡則是奧立佛的字跡，簡單地寫著：

「Dear Suleda：祝妳——佳節快樂！闔家平安！新婚愉快！　胡思恩　鞠躬」

字裡行間並沒有流露出任何依戀或思念，只是像老朋友般傳達了淡淡地祝福，從此便永遠消失在素里妲的生命中。

那天晚上回到鳳凰號之後，胡靚妹一整夜都睡不著覺，心中那份悸動仍然久久無法釋懷。她小心翼翼將奧立佛的照片豎在床邊的案頭上，還不時看著照片上的兒子露出欣慰的笑容。

在昏黃的床頭燈下，她開始一封封讀著奧立佛寫給素里妲的信，雖然那些信件並不是寫給自己的，可是她卻透過了素里妲的眼睛，認識了那個當年才二十出頭的奧立佛，甚至從他的隻字片語中，感受到兒子並沒有將她淡忘。

「……親愛的Suleda，我昨天趁著到營部洽公的空檔，偷偷跑到了高雄的鳳山遛達，不過卻怎麼也找不到小時候住過的那條街、那棟樓，也沒見到印象中巷口的那間郵局。為什麼連這個小城小鎮也會變得那麼多？我在想，如果蒂娜有來找過我，是否也曾在這些陌生的街道上迷過路……」

「……退伍後搬來高雄已經一個多月了，今天才在左營車站搭上那班沿著海岸線行駛的巴士，經過了鼓山、鹽埕、小港，一路上我很仔細觀察著每一站附近的一景一物，卻始終沒看到四歲時曾去過的那個漁村，難道蒂娜的娘家不是在高雄？P. S. Suleda，妳什麼時候才會來高雄看我？」

「……這是在高雄的第三個春節，我和前兩年一樣，在除夕的前兩天又來到了車站，杵在大門口毫無頭緒地望著人來人往，等待著那個既熟悉又陌生的身影。可笑的是，我根本已經記不起蒂娜長什麼樣，就只能憑著直覺在那裡空等。不是有人說『母子連心』嗎？如果她真的和我擦身而過，我們一定可以互相感覺到吧？不是嗎……」

「Suleda，我最近開始懷疑，小時候那些支離破碎的記憶，到底是不是真的？或者只是因為我厭惡新加坡的養父母，才會憑空捏造出那些根本不存在的情節。難道蒂娜只是我的幻覺？在夢中不斷被喚作『奧立佛』，也是我自己虛構出來的童年幻想嗎？」

胡靚妹透過一張張陳舊的信紙，彷彿聽到了兒子成熟的嗓音，聆聽著他娓娓道來那些日子裡的喜怒哀樂。有時她會被奧立佛幽默的筆調逗得發笑；有時也會跟著他的情緒起伏而黯然神傷；更多時候她會對著信紙自言自語回答著兒子的話語。

她不斷反覆讀著那些奧立佛的親筆書信，直到眼皮再也撐不下去了，才擁著那疊信紙和卡片心滿意足地進入夢鄉……

*

在靜浦部落的最後一天，許多族人都聚集到素里妲的民宿旁，為他們五個人送行。頭目與妻子準備了許多醃好的希撈，和山上現採回來的新鮮野菜，讓他們可以在旅程中自行料理；幾位長老更為他們留了一大塊祭典上的烤山豬肉，也祈求「小米靈」能保佑他們一路平安。

瑪卡帕的瑪偲及茵那，則貼心地送上幾小袋小米和糙米，還叮嚀他們不要總是沿途買便當，要多吃些原住民的天然食品，才會像他們一樣身強體健。新鮮的蔬果和肉類堆滿了鳳凰號的流理台和冷藏櫃，大家彷彿都怕他們會在奔波的長途旅程中餓著了。

頭目夫人也很熱心準備了一小罐富卡，還向偉戈耳提面命：「每隻小飛鼠的腸子裡，就只能瀝出那麼一丁點富卡，所以這是非常珍貴的健康食品，你可要省著點吃喔！」

只見偉戈滿臉無奈，捧著那一小罐子的飛鼠大便，還是很客氣的向頭目夫人道謝。

一旁的素里姐則摟著嬌小的胡靚妹，充滿了不捨與憐惜：「靚阿姨，妳一定要照顧好自己的身體！你們找到星州仔之後，別忘了要讓我們知道喔！也請轉告他，在札魏的許多瑪僞、茵那，和當年的一些哇哇們都很想念他，希望他有空時能帶著妳一起回來玩。」

「會的，我一定會的……」

胡靚妹也紅著眼回了她一個深深的擁抱。她感謝這位沒有緣份成為媳婦的女子，帶給她那麼多關於奧立佛的點點滴滴，讓她可以拼湊出那些曾經無法參與的空白片段。

只有夢爵士顯得有點鬱鬱寡歡。在這不到一個星期的部落生活體驗，他好不容易才遇上瑪卡帕這位真命天女，可是卻如此倉促就要離開靜浦部落，繼續踏上尋找奧立佛的旅程。

本來還站在一旁默默無語的瑪卡帕，突然將他從人群中拉了出來，還偷偷塞了一小包東西給夢爵士，然後依依不捨地說：「這是我親手作的『阿魯富（Alofo）』，希望你能好好收藏起來，看到它就像看到我一樣……」

他望著手中的禮物，那是一個阿美族的傳統佩袋，大概只有巴掌那麼大小，背帶部分是紅黃白的三色手工編織，深紅色的配袋上還綴滿了綠色、紅色和藍色的流蘇，袋口上則釘著幾個銀色的圓扣。夢爵士看過部落裡的年輕人背過這種叫阿魯富的配袋，馬上也有樣學樣將它斜掛在身上。

「阿夢，你那是『情人袋』嗎？怎麼沒有幫我也買一個？」眼尖的柔涓見到夢爵士身上那只五顏六色的佩袋，馬上走上前端詳了半天。

夢爵士則納悶地回答：「這不叫情人袋吧？是瑪卡帕送給我的阿魯富。」

柔涓像突然意會到什麼，馬上笑著和身旁的瑪卡帕擠了擠眼，還馬上回過頭告訴夢爵士：「昨天我才聽素里姐介紹過，現在的年輕人都稱阿魯富是情人袋啦！因為每年豐年祭最後一晚的情人配對，如果女孩子對某位男子情有獨鍾，就會將檳榔偷偷放到對方的阿魯富裡，要是對方也情投意合就會將它吃下，那樣的話就代表兩個人正式成為情侶了！」

「咦，你的阿魯富會不會也有什麼東西呢？」

聽柔涓這麼一說，夢爵士馬上在配袋裡摸了半天，竟然真的讓他找到一顆檳榔。他露出一種受寵若驚的表情，看著身旁含羞帶怯的瑪卡帕，馬上二話不說的就將那顆檳榔狼吞虎嚥地送入口中，還握住瑪卡帕的手，口齒不清地喃著：「我願意……我當然願意！等我們結束『奧立佛行動』之後，我一定會回部落找妳！」

「真的？可是你在台北不是還有寫作的工作？」

「沒問題的！到時候還有彥基可以幫我張羅新書出版的事，我就算是躲在地球的任何一個角落寫作，都可以透過網路將稿子傳到台北呀！況且在靜浦部落這種人間仙境，我肯定可以寫出更多動人心弦的愛情故事。」

不過夢爵士連話都還沒說完，腳步就突然踉蹌了好兩下：「怎麼突然覺得有點天旋地轉呀？難道還真的像那首老歌唱的——愛在旋轉……我在愛的漩渦裡打圈圈……」

「不是吧？是你第一次吃檳榔才會發暈啦！」柔涓和瑪卡帕看到他東倒西歪的滑稽模樣，都忍不住大聲笑了出來。

就這樣，在阿美族朋友的歡笑聲和歌舞聲中，鳳凰號緩緩開出了花蓮豐濱鄉的靜浦部落，繼續駛上台十一線的海岸公路，朝著通往高雄方向的台二十線南下。

胡靚妹、彥基、柔涓和夢爵士，都趴在後車窗內，隔著玻璃向那些熱情的原住民朋友揮手道別。也看著那群一邊唱歌、一邊跳舞的歡送隊，在陽光燦爛的花東海岸上，變得越來越遠、越來越小，然後消失在那片藍綠交界的淨土上……

XVIII 母親海

夢爵士坐在寫字檯桌前，筆電旁邊還擺了好幾封奧立佛的信，他將信封上的地址一一輸入到筆電上，仔細端詳著螢幕上的Google地圖，還在上面作了幾個標記。

沒多久才若有所思地說：「依照這些住址和郵戳看來，奧立佛從民國八十一年到民國九十年至少搬遷過六次，只有前兩個住所是在當時的高雄縣鳳山市，其他四個住址分別是在高雄市的左營區、三民區、前鎮區和苓雅區……」

彥基想了想：「這樣看來，剛開頭的前四年他都待在鳳山，後來不知什麼原因才搬進了高雄市。」

「難不成，是放棄了在鳳山等待靚阿姨的初衷？」柔涓坐在餐桌旁抬起頭喃了兩句，才又低下頭繼續幫胡靚妹削蘋果。

彥基走到夢爵士的筆電前，看著地圖上被標記起來的幾個位置：「或許是工作的關係才搬遷到市區吧！對了，卡片上的圖案有沒有什麼線索？」

夢爵士順勢將幾張賀卡展開在桌上，指著其中三張說：「奧立佛最後三年張寄給素里姐的卡片，看起來的確像是同一個營業場所印發的賀卡，雖然三個年度的卡片在顏色上有些不同，不過整體設計卻大同小異，全是以那隻盤旋飛翔的鳥為主圖案。」

「所以，這圖案有可能是某家公司行號的Logo或CI囉？」

「唉，我將圖案掃描起來傳給了阿Hi，請他查詢過經濟部『智慧財產局』的專利商標資料庫，卻沒有找到任何登記有案的類似標誌，畢竟許多中小型企業也不見得都會去註冊商標或企業識別。」

柔涓疑惑地問：「我們不是有賀卡背面上的英文名稱嗎？『The Palace of Firebirds・KaoHsiung』聽起來像是什麼KTV、夜店或酒店的感覺，至少可以確定地點是在高雄吧？」

「我Google過那個名稱了，不過所找到的大多是歐美或東南亞的一些連結，我和阿Hi還需要多一些時間去過濾一下。再不然就請他動用『人肉搜索』……不，應該是『鳥肉搜索』，將這個鳥圖案上傳到他那個婚友網的論壇，請全台灣的會員幫忙指認！」

彥基點了點頭：「這麼說，我們就算到了高雄也只能先按兵不動了，現在該怎麼辦呢？」他轉頭看了看柔涓，像是在徵詢她的意見。

「可以先去一趟屏東嗎？」

本來還在餐桌旁倚著車窗看風景的胡靚妹，突然轉過頭看著他們，眼神出奇平靜地說：「我想回娘家看看弟弟和妹妹，就算是作……最後的道別吧。」

車上頓時變得鴉雀無聲。

彥基看了看柔涓和夢爵士，隔了幾秒才跟駕駛座上的偉戈喊道：「這樣的話，待會就不上台二十線了，我們走台九線先到屏東的……？」

「東港鎮鹽埔漁港。」胡靚妹望著窗外海岸公路的景色，緩緩說出那個既陌生又熟悉的地名。其實，她早聽老家的幾位朋友在電話中提過，自己的父母親在多年前就相繼過世了。如今東港的老屋只剩下大弟和二弟兩家人守著，嫁到中部的小妹也好幾年沒回過屏東了。

她覺得生命就快走到盡頭，也許該趁這個時候去和他們見最後一面，並不是期望他們能夠瞭解或諒解，只是想親口道一聲再見罷了。

她突然從沉思中回過神，望著在一旁削蘋果的柔涓：「我這幾天作了一個很奇怪的夢，而且夢境非常似曾相識！現在才想起來，我曾經有一段時間每天都在作同一個夢，那天靜浦的巫師婆婆幫我作法祈福後，那個夢居然又回來了……」

「什麼樣的夢？和奧立佛有關嗎？」柔涓好奇地看著她。

胡靚妹卻搖搖頭：「不是，是他爸爸萊恩。他在夢裡回來看我，還穿著一身帥氣的美國軍便服，戴著一頂挺拔的大盤帽。他的長相一點也沒有變過，還是一樣年輕帥氣，可是夢中的我卻已經是個瘦弱的老婦人了……」

她順手接過柔涓削好的蘋果，繼續娓娓道來：「最奇怪的是，他身邊還牽著一個小女孩，我清楚記得她大概只有六、七歲，穿著一件白色的短袖上衣，和一條半長不短的棕色小褲子，不過雙腳卻沒有穿鞋子，最奇怪的是……就連身穿軍服的萊恩也是光著腳丫子？」

「在夢中，他用一種非常祥和的表情看著我，笑笑的用英文說『（我是來跟妳說再見的，妳要好好保重自己喔！）』。我當時覺得莫名其妙還發瘋似地喊著，『（我好不容易才盼到你回來，你卻跟我說是來道別的？那麼多年來你連自己的兒子都不聞不問，現在卻帶著一個別人家的小孩子來看我？你這也未免太沒良心了吧！）』。他卻什麼話也沒有回答，只是繼續微笑著，還牽著那個小女孩的手一直倒退著，畫面越拉越遠……最後消失在黑暗中。」

「難道……他已經過世了嗎？」柔涓語氣含糊說出了心中的猜測。

胡靚妹只是疑惑地繼續說著：「從他離開台灣之後，我每隔一陣子就會作這個夢，而且還持續了好幾年，後來才逐漸沒有夢到他，這些年還差一點忘了有過那麼一個奇怪的夢。在靜浦的那幾天，我才又開始作那個夢，而且夢中的畫面比以前還要清晰，我甚至清楚看見那個小女孩的長相，是個東方小孩的模樣，並不是白人或混血兒。」

「真是個奇怪的夢？不過也可能是妳當時太想念萊恩了，才會日有所思、夜有所夢吧？」

「呵，也許等我過一陣子駕鶴歸西，就可以知道事情的來龍去脈了！不是常聽人說過，靈魂是不受時間與空間的侷限嗎？我到時候就來個穿越時光，去看看那些我活著時所不知道的真相！」

雖然，胡靚妹的語氣帶著點玩笑意味，可是聽在其他人的耳裡卻還是有點傷感。

本來還專心盯著筆電螢幕的夢爵士，聽到胡靚妹的那一番話後，馬上插了嘴嘮叨著：「靚阿姨，妳快別那麼說了！在妳還沒找到奧立佛又沒有享受到天倫之樂前，我們才不准妳去駕什麼鶴、什麼龜的，妳以為是在演『仙鶴神針』喔？總之，牠們要是來一隻我就殺一雙、來一雙我就宰一打！絕對會讓妳長命百歲、壽與天齊啦！」

原本車上還充滿詭異和尷尬的氣氛，這會兒卻全被夢爵士的無厘頭給攪散了，聽到他那些奇奇怪怪的形容詞，還目露兇光比著手刀在空氣中揮舞，連胡靚妹也笑得快直不起腰了。

*

鳳凰號在台九線的南迴公路行駛了幾個小時，進入屏東後才轉往台一線的屏鵝公路，往北開了沒多久，就抵達東港鎮的鹽埔村。胡靚妹憑著記憶指指點點了好一陣子，偉戈卻還是沒找到她說的那條街，問了附近的店家後才知道，原來那個街名早就已經改名了。

當車子終於停在一棟三層樓高的透天厝時，胡靚妹還有一點不太相信地問：「以前的三角厝老屋怎麼會改建成洋房了？確定是我說的那個地址嗎？」

偉戈望了望遠處的門牌，非常肯定地點了點頭。

彥基下了車，看見門口有幾個小朋友正在玩耍，便隨口問了他們：「請問胡勁松和胡勁柏先生是住在這裡嗎？」

其中一位十多歲的孩子睜著圓圓的眼點了點頭，馬上就轉身衝進房子裡，口操台語大聲地喊著：「阿公，屋郎唄找你尬叔公！」然後又一個溜煙不見了。

隔了五分鐘左右，才有一位年約六十的男子，站在門內莫名其妙往外望，還有點疑惑地看著彥基。

「你們哪裡找？」

「我們是從台北來的，敝姓吳！請問你是胡勁松或胡勁柏嗎？」彥基走向前自我介紹，那位中年人才推開紗門回答：「我就是胡勁松，有什麼事嗎？」

「我們只是陪車上的那位女士前來拜訪，是她想和兩位胡先生見一面。」

他朝著彥基指的方向望去，柔涓和偉戈剛好扶著胡靚妹下車坐上輪椅。

胡勁松本來還看不清大太陽下底下的老婦人是誰，直到輪椅越推越近之後，才從胡靚妹滿佈細紋的臉上，隱約端倪出好像是多年沒見的親姊姊。原本還滿臉狐疑的他，霎時露出一種難以置信的表情，也不經意流露出幾分驚喜。

「阿姊……？」

不過才沒幾秒鐘，他馬上又收起剛才那一絲笑意，板起臉冷冷地說：「妳不是已經和我們斷絕關係了嗎？幹嘛還跑回來？阿爸和阿母早已被妳活活氣死了，妳居然還有臉回來？」

胡靚妹看著表情冷漠的大弟，對他的反應顯得有些出乎意料，只能壓抑住內心的委屈淡淡地回答：「我並沒有和你們斷絕過關係，是阿爸和阿母不准我回來的。剛開始的幾年，我還打過好幾通電話給隔壁鄰長伯，請他叫阿爸或阿母聽電話，可是他們卻一再拒絕跟我說話，還告訴鄰長伯……沒有生過我這個女兒……你叫我當時還怎麼敢回來？」

就在胡靚妹說話的同時，胡勁松的身後又出現了另外一位中年男子。她認出那應該是二弟胡勁柏，他只是站在屋內不發一語，靜默地看著坐在輪椅上的大姊。

「既然妳都四十多年不回東港了，如今回來又是想圖什麼呢？是想分家產嗎？我告訴妳，阿爸什麼遺產也沒有留下來，只有當年那間破厝而已！現在這棟樓全是靠我和阿柏自己的能力改建的，完全沒有妳這個女兒的份！」

她聽見大弟斬釘截鐵地回答，心早已冷了一大半，彷彿又重回到當年跪在冰冷的地上，懇求父母相信她、諒解她的畫面，只不過這會兒卻換成是親弟弟指著她的鼻子罵。

「妳當年在台北當吧仔或是什麼落翅仔，已經讓我們家在親友面前抬不起頭大半輩子了，好不容易才熬過那些被人看不起的日子，妳現在回來是從良了想告老還鄉，還是要我們養妳？」

「不是的！你住嘴……」胡靚妹使勁大聲喊了出來，突然又像洩了氣似地緩緩低下頭。良久，才恢復冷靜的語氣：「阿松，我懂你的意思了，你不用擔心……我從來沒有奢望過你們會諒解我，也從來不強求我們手足之間還會相認或團圓。我這次回來只不過是旅行經過，想順道看看你們而已，既然知道你們都過得還不錯，那我就放心了。」

她很勉強擠出了一個微笑，笑容中還帶著點苦澀：「哪天有和靚娥聯絡時就告訴她，大姊有回過老家探望！你們兩兄弟和她都好好保重……就這樣子吧！再見……」

她並沒讓身後的任何人幫忙，就自顧自撐著輪子上的手把要離去，直到柔涓和偉戈追了上去，才將她緩緩推回停在遠處的鳳凰號。胡勁松和胡勁柏面無表情，只是望著那位曾經讓他們蒙羞的吧仔姊姊被扶上車，並沒有流露出任何不捨或難過。

一旁的夢爵士當然看不下胡靚妹所受的那些待遇，馬上朝著門內開罵：「你們這對沒心沒肝的兄弟是人頭豬腦袋嗎？怎麼和你們的父母一樣食古不化？從來就沒有將事情真相搞清楚，就把一切的罪過歸咎在一位弱女子身上，開口閉口就稱她是吧仔、落翅仔。你們知不知道自己的姊姊當初只是在美軍的俱樂部工作，還是個潔身自愛的駐唱歌手？當年就是因為你們一家人見死不救，才逼得她將兒子寄人籬下，最後搞到母子失散……」

彥基拉著夢爵士要他走人，可是他卻停不來繼續罵道。

「靚阿姨落到現在連兒子也沒了，又罹患了肝癌末期，只剩下不到半年的壽命啦！這一次回來本來是想跟你們作臨死前的道別，卻換來自家手足極盡所能的羞辱她！你們是哪門子的狗屁親弟弟？比我們這種認識沒多久的朋友都不如！」

他被彥基死拖活拉揪往車上，嘴邊卻還是口無遮攔大聲喊著：「你們就繼續窩在這間祖屋裡，為自己對即將往生的姊姊說過的狠話，去愧疚一輩子吧！我呸你們個人頭豬腦袋！」

那對兄弟錯愕地杵在大門口，傻愣愣望著已經發動的鳳凰號，當他們想追出去問個清楚時，車子早已捲起一陣漫天黃沙揚長而去，永遠消失在他們眼前。

夢爵士回到車上還是無法平息內心的激動，依然喋喋不休嘮叨著：「靚阿姨，這種弟弟就當是沒有也罷！妳放心，還有我們陪在妳身邊，妳不用去在意他們講的那些話。」

「好了啦，你有完沒完？靚阿姨都沒有發脾氣，你在一旁氣成那樣子是幹什麼嘛？」柔涓一邊將摺疊好的輪椅塞到胡靚妹的床頭櫃旁邊，一邊心平氣和說了夢爵士幾句。

「唉喲，你們也知道我這張賤嘴，那種事情我怎麼可能看得下去嗎？」

胡靚妹斜坐在床邊，神情出奇平靜地望著窗外那片故鄉的海，嘴角還帶著淺淺的微笑，彷彿剛才的事情根本就沒有發生過。

「沒事的，我能在這麼多年後再度見到兩個弟弟，知道他們都平平安安的在老家，就已經非常心滿意足了。我不是都說過了，這一趟意外的旅程只是來說聲再見而已。如果他們的態度過於熱切，我反而更加牽腸掛肚，哪天要走的時候可能也會有所依戀，剛剛那樣……才是最好的道別。」

「咦，左邊那個海岸……好像是我小時候常去的那片海？啊，真的是耶！」胡靚妹的眼睛突然睜得老大，興奮地看著遠處那片無人的海濱，童年的種種畫面霎時重現眼前。

「沒錯，就是這裡！我記得大人出海捕魚或作生意時，我常會帶著弟弟和妹妹到這裡撿貝殼。有時候還會一個人站在大石頭上，迎著海風對著遙遠的大海不斷唱歌，就好像是我私人的練歌場！原來，只有這片海未曾改變過……」

這一片屬於她的藍色海洋，曾經在她的夢裡出現過無數次，每次只要想起東港鎮的鹽埔村，那一波波湛藍的回憶，就會像海潮般不止地沖蝕著她。四十多年後，她總算重回這片令人難忘的母親海，它就像一位久違的慈祥長者，正張著藍色的臂彎，迎接著這位久別重逢的孩子。

漁港邊那股熟悉的魚腥味，海岸旁帶著陣陣鹹味的暖風，從車窗外一陣一陣吹拂了進來。胡靚妹閉上眼睛緩緩深呼吸，享受著這令她朝思暮想的氣味。

彷彿要將這一切一飲而盡，永遠封存她在身體裡、血液中……

XIX
誰願永生不死

當鳳凰號抵達高雄時，已經是黃昏時分。偉戈將車子停在愛河附近，幾個人就帶著胡靚妹到河畔散步，只留下夢爵士繼續過濾那幾張賀卡的網上搜尋結果。

車窗外飄過一片片橘黃或粉紅的晚霞，中正橋兩側也亮起了藍色的霓虹燈，岸邊五顏六色的燈火互相輝映著，將愛河染成了一道如夢似幻的流動虹彩。午後的熱氣已經緩緩散去，只留下柏油路上殘存的餘溫，隨著微風吹過水面，也拂過愛河畔熙攘的人群。

夢爵士坐在筆電前，仔細閱讀著一筆一筆的Google搜尋結果，偶爾還用手機和遠在台北的阿Hi交換意見，也不斷慫恿他動員婚友網的所有會員，來個全台「鳥肉搜索」的行動。那個提議當然被阿Hi給打回票，畢竟如此勞師動眾的網上搜索，雖然可以發揮神奇的網路力量，但是也同時會收到排山倒海的假消息、偽線索，反而混淆了原本追蹤到的方向。

因此，不到最後關頭阿Hi通常不會輕易動用，省得一下子就塞爆了他的婚友網伺服器。

「你有沒有試過『以圖找圖』的搜尋模式？在圖片搜尋框旁有一個相機圖示的按鈕，點下去之後就可以將那張鳥圖案上傳過去，由搜尋引擎在全球的圖片資料中，比對出形狀、顏色或構圖相似的圖片……」阿Hi滔滔不絕講解以圖片搜尋圖片的方法後，有點耐不住性子就匆匆掛了電話。

夢爵士依照他說的步驟，將那張掃描好的賀卡圖檔上傳到搜尋引擎，然後按下了搜尋按鈕。沒多久就看到搜尋頁面上出現了許多相似的鳥類圖案，有些是形狀大同小異，有些則是顏色或構圖有異曲同工之處。他一張張打量著每個縮圖，有時還打開連結端詳放大後的圖片，不過在第一頁和第二頁的幾十張縮圖中，並沒有看到任何相仿的圖片。

他嘴邊還自言自語嘀咕著：「看來這又是一個費眼力的大工程囉！不知道要花多久的時間才能全部看完？」

可是當他點到第三頁時，眼睛卻頓時亮了起來。

因為，搜尋頁面上十多張縮圖中，竟然有四張圖片和賀卡上的圖案一模一樣！同樣都是以拓印風格印著一隻火紅色的鳥，拖著長長的尾翅盤旋在方格裡，看起來像是鳳凰或孔雀的鳥身佈滿了火焰般的紋路。

他差一點尖叫了出來，還有點不相信自己的眼睛，隨即握起其中一張賀卡擺在螢幕旁比對了半天，才終於確定它們是相同的鳥圖案！夢爵士點擊了第一張縮圖的連結，映入眼簾的居然是一個日文的觀光網站，看起來像是在介紹台灣一些不為人知的觀光景點。

他啟動瀏覽器上的翻譯工具，試著將那張圖片的日文說明翻譯成中文，儘管翻得有些辭不達意，不過文字內容還算不難理解——

「火鳥宮：南台灣知名觀光秀場之一，素有『亞洲紅磨坊（Moulin Rouge）』或『台灣的阿爾卡薩（Alcazar）』之美名。演出風格以金碧輝煌的歐洲殿堂、精雕細琢的東方宮闈舞台設計著稱，搭配表演者們絢麗奪目的舞台裝，每晚公演一系列大型娛樂節目，劇目包括：維加斯歌舞秀、音樂魔幻劇、水中芭蕾劇、變裝模仿秀……」

他點了另外三張縮圖的連結，則是進入其他語系的幾個觀光網站，分別以英文、法文或西班牙文介紹了那間名為「火鳥宮」的劇院，內容與剛才的日文說明大致相同。

夢爵士馬上以「火鳥宮」三個字作為搜尋關鍵字，很快就在網上找到官網的中文資訊，除了有詳盡的節目單、演出時間、地址與地圖外，還有許多現場歌舞表演的宣傳照片。

他抄下秀場的名稱與地址，馬上撥了柔涓的手機號碼，帶著驕傲與振奮的語氣喊著：「柔柔姊，我終於找到那個地方了，你們快點回來吧！」

電話那頭的柔涓原本還懶洋洋的，可是一聽到鳥圖案有了眉目，整個人也跟著興奮了起來，還不斷追根究底問道：「真的，怎麼這麼厲害！那是什麼樣的地方？地址在哪裡呢？」

「原來賀卡背面所寫的The Palace of Firebirds，是一個叫作『火鳥宮』的秀場或劇院，專門表演大型現場綜藝節目，就像是……賭城維加斯的那種歌舞秀啦！」

柔涓有點納悶：「我還不知道台灣有這種表演歌舞秀的場所？會不會是什麼牛肉場或紅包場

呀？」

「不是啦，我上網看過這間劇院的公演照片，感覺上是針對觀光客設計的娛樂節目，他們還有在國外的旅遊網打廣告呢。」

夢爵士一邊講著手機，一邊看著螢幕上的Google地圖：「看樣子這個『火鳥宮』好像離這邊蠻近的，應該就在前面的苓雅區而已？你們快點回鳳凰號吧！我們可以趕上八點鐘劇院開放的時間，去探探究竟。」

*

才不到一個小時，他們一行人已經與沖沖搭上高雄捷運，往苓雅的鬧區方向而去。他們出站後在三多商圈晃了好幾圈，才總算在中華四路與四維四路附近，找到了那間擠身於百貨公司與購物商圈的劇院。

它的外觀看起來就像一間很普通的二輪戲院，三層樓高的西洋老式建築，估計也有超過六、七十年的歷史。不過大門口的騎樓卻熱鬧依舊，玻璃門的入口閃爍著五光十色的霓虹燈，售票口兩側的牆面也貼滿了巨型海報，有些是身穿亮片羽衣的舞團合照，有些則是劇院台柱的性感獨照。

玄關上方還有幾個閃閃發亮的鑄銅字，刻著兩排「火鳥宮」的中英文名稱。

在驗票口前已經排了幾十位等待入場的觀眾，他們有些是洋面孔的歐美遊客，有些則是口操日語的日本觀光團，還有好幾位可能是陪伴海外親友來觀賞的本地人士。不同的語言在隊伍中此起彼落交談著，著實讓人有一種置身在異國的錯覺。

柔涓逕自走到大門邊，詢問了其中一名男性驗票員：「不好意思，請問你們這裡有沒有一位叫奧立佛的員工？」

對方正忙著撕取排隊者的入場券，連頭也沒抬就皺了一下眉回答：「奧立佛？沒聽過有人叫這個洋名喔，不過彌勒佛倒是有一尊，就在後台的神桌上啦！」

柔涓對那個冷笑話沒有一點反應，只是繼續解釋：「不是啦，他的中文名字叫作胡思恩，十年前可能在這裡工作過，不知道現在是否還在這裡？」

那位驗票員順口問了對面的另一位同事，才語氣不是很肯定地回答：「十年前喔？那我們就不是很清楚了，這裡姓胡的應該只有一位吧？就是當藝術指導的胡老師，可是我們這些小嘍嘍哪會知道他的全名是什麼嘛。」

「胡老師？」

彥基和柔涓交換了眼神，馬上接話問道：「可不可以轉告一下胡老師，我們是從台北來的朋友，有重要的事情想和他見一面。」

其實，他也不敢肯定這位胡老師會不會是奧立佛，只是想到如果胡老師真是劇院裡的藝術指導，至少可以從他口中探聽到一些十年前的蛛絲馬跡吧？

「大哥，現在已經接近演出時間了，胡老師不可能有時間會客啦！你們還是等表演結束再來，大概兩個小時後吧，我有空就請劇組的人幫你們通報，嗯……你們真的認識胡老師嗎？」

他們幾個人很有默契，全都不約而同用力點了點頭。

夢爵士面帶難色還嘴賤多問了兩句：「要在外面等兩個小時喔？難道不可以到裡面等嗎？」

「不行啦，你們沒有買票不能進去。」

不過，當他瞥見一旁的偉戈，還推著一位坐輪椅的胡靚妹時，才又勉為其難地說：「好啦好啦……我去跟領班報備看看，你們先到左邊巷子裡的那個員工出入口，我請保全人員讓你們在警衛室裡等吧。」

當門口的隊伍差不多魚貫而入後，那位驗票員就走進大廳和一位穿著套裝的中年女子交頭接耳，沒多久就隔著玻璃揮了揮手，示意他們馬上到旁邊的員工出入口。

幾分鐘後巷子裡的那扇鐵門才總算打開，熱心的驗票員身後還跟著一位保全：「你們把會客資料登記一下，就先在警衛室裡坐一坐吧！胡老師有空時就會通知警衛室，保全大哥才能帶你們到樓上的後台。」

他們一行人連忙道謝後，就在警衛室的會客沙發坐了下來。一路上都未曾開口的胡靚妹，這會兒卻開始有些神色倉皇：「你們認為那位胡老師會是奧立佛嗎？」

原本還低著頭填寫會客資料的彥基，停下手邊的動作想了一想，才壓低了聲音回答：「我認為，假如奧立佛連續三年都是寄這間劇院的賀卡給素里姐，那麼至少代表他和『火鳥宮』的關係匪淺，才能自由使用那些公關用的賀卡，因此肯定有些資深員工和他有過交集，或許也包括這位藝術指導。」

「令北的心臟突然跳得噗通噗通！要是待會那位胡老師真的就是奧立佛，我們是不是該辦一場慶功宴好好喝幾杯呀？」偉戈那張惡霸臉也不知道為什麼，竟然閃過一種「既期待又怕受傷害」的滑稽表情。

「如果真是那樣，也代表我們的『奧立佛行動』要畫下句點了，日後大家可能就是各奔前程、分道揚鑣了！唉，我肯定會懷念這次旅程中的那些酸甜苦辣……」

聽到夢爵士那一番感傷的話語，柔涓瞟了他一眼：「你不就住在我家隔壁，還會奔到哪裡去呀？喔！難不成你真要狠心丟下柔柔姐，一個人搬到靜浦部落？你呦……真是見色忘友啦！」

正當他們輕聲細語你一句我一句聊著時，警衛室的兩位保全人員打開了掛在牆上的幾個監視螢幕，上面分別顯示了劇院舞台、後台和觀眾席的一些分割畫面，雖然解析度並不是很高，不過可以清楚看到整個劇院裡裡外外的一舉一動。

大約五分鐘後，整棟樓傳來劇院內隆隆的音樂迴音，監視畫面上的舞台布幕也隨著開場音樂結束而緩緩拉開。在舞台中央和背景的階梯高台上分別站了三十多位舞者，他們身著同款的火紅色維加斯舞孃裝扮，舞衣的背後還插滿了許多巨型羽毛，扇形的尾翼如火焰般在舞台上綻放著，羽毛隨著節奏律動，宛如燃燒的花火在台上竄流。

沒多久，舞台上方還緩緩降下五位黃衣女子，分別坐在高低不同的鞦韆上，她們一邊唱著歌一邊使勁擺盪著，鮮黃色的長紗在空中交錯、拖曳、飄揚著，彷彿像一群籠中的金絲雀，在空氣中無助的吟唱著。

火鳥宮的戲碼除了有令人目不暇給的歐美歌舞排場，還穿插了許多東方風情的瓊樓玉宇場面。最令人眼睛為之一亮的，就是多位身著性感唐朝霓裳的舞者，縱身躍入從舞台底下昇起的一座偌大透明水池中，與五顏六色的熱帶魚共舞的奇景。她們以水中芭蕾曼妙的舞姿穿梭在色彩繽紛的魚群裡，有時魚兒還會隨著舞者的指揮，在水中忽左忽右的游動。

另外幾場劇目是以立體投影所演出的魔幻音樂劇，數十位全身布滿各色LED燈的舞者，在黑暗中營造出一幕幕螢光色的夢幻森林奇觀，以及令人目不暇給滿天飛舞的花朵精靈。

「難怪會有這麼多國外觀光客慕名而來，原來我們也有這麼高水準的歌舞秀！」柔涓和夢爵士忍不住讚嘆著，就算只是在警衛室的監視螢幕上觀賞，他們仍然驚艷於那些如夢似幻的聲光效果。

當節目進行到尾聲時，應該也是這座劇院當晚的壓軸秀，因為身穿各式舞衣的表演者們，幾乎傾巢而出全都圍繞在舞台四周，隨著中央冉冉昇起的升降台翩翩起舞著。

那座直徑不到一米的圓柱形透光台上，正佇立著一位裝扮雍容華貴的外籍女子，她的頭上頂著高聳的金色髮髻，如同半彎的弦月怒髮衝天。黃色與橙色暈染而成的舞台裝，彷彿火苗般在空中飄動著，巨幅的下襬幾乎覆蓋著大半個舞台，隨著升降台緩緩昇起，而逐漸被拉長成一襲近兩層樓高的長裙。

女子紋風不動站在圓柱的頂端，低頭凝視著長裙下的舞台和觀眾席，發光的柱身在橙黃的長裙裡透著神祕的光芒。當她平舉起雙臂時，兩道如瀑布般的巨型水袖，霎時從空中刷了下來隨風飄揚，看起來就像是一隻展翅而飛的火鳥，正拖著長長的火焰奔向夜空。

當背景管風琴般的樂聲結束時，她輕聲唱起那首「皇后合唱團（Queen）」的英文歌曲「誰願永生不死（Who Wants to Live Forever）」。

「我們的時光流盡；我們的身無歸處，到底是什麼支撐過你我種種的夢想，如今卻悄然背離我們而去？誰願意永生不死？誰願意與天地共存？我們早已時不我予錯失契機，一切也都成為定局，這世上唯獨剩下甜美的剎那，將與我們常相左右。誰願意永生不死？誰膽敢與天地共存？當愛必然會消逝時……」

台下的觀眾屏息、引領、聆聽著她略帶磁性的低沉嗓音，在高高的圓柱上垂睫吟唱，每個人早已被眼前華麗的景象所懾服。

就連警衛室的一位保全也嘖嘖稱奇地喃著：「這個歐莉薇亞真不愧是火鳥宮的壓軸台柱，每一次的排場絕對都會讓大家目瞪口呆，極盡視覺感官之所能呀！」

另一位保全也接話：「聽說她還表演過什麼『吉祥天女』，吊著威牙在觀眾席上滿場飛，那些老外觀眾看到滿天神佛，全都讚不絕口呀！」

當她演唱完整首歌曲後，只是靜靜地佇立在空中，直到伴奏音樂的最後一個音符停止時，她才突然縱身從升降台上跳了下來。就如同在懸崖上高空跳水的泳者，也像是投身於火山熔岩的不死火鳥，從將近兩層樓的高度墜到舞台中央。

現場的觀眾全都驚聲尖叫，有的人用手掩住臉、有的人摀住自己的嘴巴，每一雙眼睛都充滿了莫名的驚恐。整個劇院沒有任何一絲聲音，只剩下從透光升降台上飄落的兩道橙黃色水袖，如慢動作般在空中緩緩落在舞台上。

在全場觀眾還沒回過神之際，她已經從隱藏在舞台中央的巨大泡棉上起身，被好幾名男性舞者高高舉起，然後脫下威牙優雅地站上舞台。原本鴉雀無聲的觀眾席頓時掌聲雷動，好幾位老外觀眾還激動得站起來鼓掌，並且不斷地吹著口哨喊著：「Bravo! Bravo!」。

直到每一齣戲碼的表演者都一一謝幕後，那位壓軸的外籍女子又再度出場，在舞台前方鞠了好幾個躬後，酒紅色的布幕才緩緩落下，留下那些意猶未盡的觀眾們交頭接耳繼續在鼓掌。

就在節目結束後的半個多小時，警衛室總算接到胡老師的內線電話，其中一位保全人員方才將他們帶往樓上的後台休息區。他們出了老舊的柵欄式電梯後，穿過一大片開放式的更衣梳化區，許多表演者早已換下了舞台裝，三三兩兩坐在長條型的梳妝台前卸妝、聊天。

柔涓看著那些似曾相識的後台場景，心中卻浮起一種莫名的詭異感，可是又說不上來到底是哪裡不對勁。

在那片公共梳化區之後，是一個弧形的走廊，走廊的每個門上分別標著不同的門牌，有些是上了鎖的道具間及衣裝間，也有些是工程部或美工部的辦公室。

保全人員將他們帶到一扇沒有門牌的木門前，敲了敲門後，才回過頭跟他們說：「這裡就是胡老師的休息室囉！」

門內有人應了一聲，保全便扭開門請他們進去。

不過帶頭的彥基和柔涓一看到裡面的景象，馬上就朝著房內連聲道歉，還趕忙將身後的夢爵士、偉戈和胡靚妹推出門外。

「保全大哥，這不是胡老師的休息室吧？裡面好像是剛才那位表演壓軸的洋妞——歐莉薇亞呀？」彥基的臉還泛著紅，喊了那位正要轉身離去的保全人員。

「是呀，我沒有搞錯啦！喔……我明白了，難道你們不知道胡老師就是歐莉薇亞、歐莉薇亞就是胡老師嗎？她除了是火鳥宮的資深台柱，還是咱們整個劇團的藝術指導，也是這間劇院的股東之一啦！你們到底是不是真的認識她呀？」那位保全本來還有點莫名其妙，現在反倒露出懷疑的眼神看著他們。

夢爵士馬上道：「當然認識呀！只不過從來沒見過胡老師濃妝豔抹的登台模樣，任誰都會搞不清楚狀況嘛！」語畢，還裝得一副很自然的模樣，再度扭開了門把，拉著其他人走進去。

「這個胡老師竟然係查某？看來又要希望落空了……」偉戈低聲喃著。

門後是一個六、七坪大的房間，右邊的牆面有一排快頂到天花板的掛衣架，上面晾滿了琳瑯滿目的各色舞台裝；左邊的牆上則是一層層的置物架，擺滿了各種千奇百怪的巨大頭套和髮飾，有金色、白色、棕色、紅色、藍色或粉紅色……看得讓人眼花撩亂。

一進門的那面牆有一片偌大的鏡子，和一整排擺滿化妝品的梳化台，歐莉薇亞正背對著門坐在鏡子前，兩位年輕的梳化助理正小心翼翼將她頭上那頂超大的彎月形金髮取下。

她從鏡中看到幾位陌生人又突兀地闖了進來，並沒有表現得太訝異，只是耐心地坐在那裡任由梳化助理擺佈，然後睜著好奇的眼睛靜靜端詳著鏡子中的他們。

夢爵士一見到那位洋面孔的外籍女子，發著抖溜起他那口彆腳的英文：「嗨，花尺啊！買黏醫死夢爵士，威啊仿台北……」

一旁的柔涓拉了拉他的衣角喃著：「什麼花痴不花痴？到底是不是這樣說的呀？她怎麼一臉聽不懂的樣子，你還是讓彥基來講吧！」

鏡子裡的歐莉薇亞緩緩撕下眼皮上的假睫毛，然後在臉上塗滿厚厚的卸妝乳液，不過視線始終盯著他們幾位。

「我聽得懂中文，你們找我有事嗎？」她的中文算是字正腔圓，絲毫聽不出有洋妞的奇怪腔調，嗓音則像剛才在台上演唱時那般，帶著點女低音的渾厚與磁性。

彥基馬上道：「我們是特地從台北到這裡找人的，本來還以為胡老師是我們要找的人，不過看樣子我們是搞錯了……」

她一邊用化妝棉慢慢卸掉臉上的濃妝，一邊不經意地問：「怎麼說？」

「因為我們要找的，是一位四十多歲的男子，聽說他十年前曾經在這裡工作過。」就在柔涓搭腔說完那幾句話後，蹲在一旁整理舞台裝的兩位助理，突然不約而同望了望歐莉薇亞，還露出一種疑惑的神情。
不過，歐莉薇亞卻使了個眼色，示意她們先出去。
「說說看，搞不好我帶過那個人。」她的每一句話都說得簡單明瞭，感覺上應該是個下了舞台後，就惜字如金的低調女子，亦或者只是在對他們語帶保留？
彥基將一路上講過好幾遍的那些台詞，又再重複一次說給她聽：「……他的名字叫作胡思恩，是個從新加坡回來的華僑，大部分的人都喊他的綽號『星州仔』，小時候也有個洋名叫『奧立佛』……」
歐莉薇亞才聽完他的前幾句話，臉上已經掠過一抹異樣，就像是認識或聽聞過那些名字，不過卻馬上收起那份不經意流露的神態，取了幾片化妝棉繼續卸著臉上的妝。
「我們從台北出發，一路尋訪他曾經待過的幾個城鎮，最後才終於有了一些線索，得知他應該是在高雄，也曾經在這裡工作過，或者認識這裡的一些人……」
她的表情依然令人猜不透，只是語氣淡淡地問：「為什麼要大費周章找這個人？難不成你們是什麼黑道或警察的？」
「不是不是，我們只是幫這位胡老太太尋找她失散多年的兒子……」
彥基轉身指著門外的胡靚妹，原本還杵在門邊的偉戈，也順勢將輪椅推進有點擁擠的休息室裡。胡靚妹這才看清楚鏡子裡那位高頭大馬的洋妞，還有點尷尬地朝著鏡子點了點頭。
「靚阿姨已經和兒子失散四十多年了，如今又罹患肝癌末期，可能來日也不多了，才會急著想在有生之年找到兒子……」

歐莉薇亞的雙眼突然睜得老大，從頭到腳仔細端詳著胡靚妹，眼神中也彷彿充滿著千言萬語。只要是明眼人都看得出來，這位歐莉薇亞肯定認識奧立佛，甚至也可能聽聞過他母親的二三事，不然絕對不會有如此奇怪的反應。

柔涓實在耐不住性子，開門見山就問道：「請問，妳應該是認識胡思恩……或星州仔吧？」

歐莉薇亞的目光馬上從胡靚妹身上回過神，將椅子轉了過來正視著他們，緩緩點了點頭說：「是的，我當然認識他，而且他也還是在我們火鳥宮！」

「真的？這麼說……我們找到了！我們真的找到了！」柔涓情不自禁拉了拉彥基和夢爵士的袖子，還迅速蹲下身握住胡靚妹的手：「靚阿姨，我們終於找到奧立佛了！」

每個人的眼中都充滿了激動與感動，恨不得歐莉薇亞馬上就帶他們去見奧立佛。

「我們可以見他嗎？他今天有來上班吧？」夢爵士問。

「當然可以！不過你們先等一下，讓我先換個衣服吧。」

歐莉薇亞脫下綳在頭上的髮網，露出一頭凌亂的深棕色俏麗短髮，還回過頭在衣架上拎了幾件衣褲，就拖著那件長長的橙黃色舞台裝，走進屏風後的洗手間內。

站在輪椅後的偉戈搓著手，有點不知所措地喃著：「有夠緊張的啦！待會見到奧立佛的時候，我們到底要說些什麼呀？你看，令北的心臟又在那邊砰砰跳了！」

夢爵士不以為然地看著他：「令北先生，你是在緊張個什麼勁啦？又不是你找到兒子了，等一下當然是讓他們母子倆去聊呀！我們就站在一旁……拍拍手嘛。」

此時坐在輪椅上的胡靚妹，倒才真是緊張得全身顫抖，她下意識理著自己衣領，又拉了拉身上的衣服，還不斷詢問身旁的柔涓：「我的頭髮是不是亂了？我的臉色有沒有很差？奧立佛會不會認不得我了？」

直到柔涓用手指幫她理了理頭髮，又從皮包拿出一只粉盒，為她簡單打了個淡淡的粉底後，胡靚妹才終於鬆了一口氣安靜下來。

在歐莉薇亞更衣的短短十分鐘，對胡靚妹來說簡直就是度日如年、如坐針氈。她的腦海中閃過奧立佛小時候的種種畫面，就像快速飛掠的幻燈片，往日的點點滴滴又霎時重現，一股熟悉的暖流也重回心窩。

好不容易那扇門才再度打開。

不過歐莉薇亞走出來後，卻只是佇立在門外的那片屏風內，遲遲未走出來。屏風上的格狀窗櫺映著她修長的身影，彷彿正低著頭審視著自己的衣著，良久才深呼吸了一口氣，跨了出來。

頓時，房間內的五個人全都傻了眼愣在那邊。

XX 火鳥宮

從屏風後面走出來的，並不是剛才那位人高馬大的洋妞歐莉薇亞，而是另一位梳著深棕色西裝頭的混血男子。他穿著一件開襟的雪白襯衫，和一條泛白的直筒牛仔褲，秀氣的鵝蛋臉上襯著一雙深邃的眸子與壓眉。

就像素里姐照片裡的那位少年郎，那位長得酷似萊恩・堅肯斯的大孩子，只不過歲月也在他臉龐刻上了些許滄桑。

「這是怎麼回事？剛才的歐莉薇亞跑去哪裡了？」夢爵士衝到洗手間張望，裡面根本空無一人，只有那件橙黃色的舞台裝端端正正掛在浴簾的橫桿上：「這怎麼可能？難不成你就是她……」

那位男子神色靦腆地抿著嘴，凝視著坐在輪椅上的胡靚妹。靜默了好幾秒之後，才輕聲吐出那兩個字，那個對他來說恍如隔世的名字。

「蒂娜……」

胡靚妹無法相信自己的眼睛和耳朵，雙手不自覺地摀住了嘴，手指頭也不聽話的在她唇邊發著抖：「奧立佛……你是奧立佛？」

男子紅著雙眼用力點了點頭，然後一個箭步跪在胡靚妹跟前，緊緊摟著輪椅裡瘦小的她：「我還一直以為蒂娜是我幻想出來的角色，可是我清楚記得妳和悌悌阿姨在台北的那個家、外公外婆的那座曬魚場，還有妳要我乖乖等妳回來的那番話！」

「美幸媽媽卻一再告訴我，那些支離破碎的記憶，只是童年的我憑空想像出來的幻想。她說我是從育幼院被領養回來的，是一個姓胡的吧女和美國大兵所不要的私生子，可是我腦海中壓根子就沒有任何育幼院的印象……」

「不是的！是他們夫婦倆硬生生拆散了我們，把你偷偷帶到國外藏了起來，讓我苦苦找了你這麼多年。我從來就沒有拋棄過你，我怎麼可能不要自己的心肝寶貝？怎麼可能會丟下你這個唯一的親人不顧？」胡靚妹撫著奧立佛的頭髮，眼淚像斷了線的珠鏈滾落臉龐，也滴在他柔軟的髮梢上。

奧立佛抬起頭，捧著母親憔悴的臉，淚水也跟著劃了下來：「我總算等到妳……來接我了……」

她緊緊抵住兒子的前額，泣不成聲地喃著：「對不起！是蒂娜對不起你，整整遲了四十多年才來，讓你這些年吃了不少苦！」

「妳不要這麼說，我從來就沒有怪妳，能夠再見到妳，我已經心滿意足了……妳都病成這個樣子了，卻還是東奔西跑尋找我……我剛才聽著聽著心都揪在一起！我一定會想辦法找最好的醫師治好妳的病，我們還有好多話沒有說、還有好多事情沒有一起分享呢。」

他含著淚將下巴靠在胡靚妹的肩上，不斷輕撫著母親弱不經風的身子。

時間靜止了，就像當年凍結蒂娜與萊恩的那一方冰塊，再度將這一對闊別多年的母子緊緊扣在一起。他們淚眼相對，看著彼此那張既熟悉又陌生的臉孔，從黑髮等到白髮、從童顏化為壯年、從萬念俱灰到久別重逢……那一條叫作「等待」的漫長隧道，他們總算是走完了。

胡靚妹將兒子緊緊擁入懷中，彷彿深怕他再一次從眼前消失。

一旁的柔涓也感動得流下了眼淚，就連一臉惡霸相的偉戈，也像個少女似地拿著小毛巾隱隱啜泣。只有夢爵士仍然滿臉狐疑，從頭到腳仔細打量著這位剛才還是歐莉薇亞的奧立佛，等不及想知道到底是怎麼一回事？

隔了好一陣子，胡靚妹才終於回過神擦著眼淚，拉著身邊的幾個人一一介紹著：「這位是柔涓，旁邊的是彥基和偉戈，還有那位古靈精怪的就是暢銷小說家夢爵士喔！」奧立佛馬上起身一位一位握手致謝，還拉了梳妝台旁的幾張椅子請他們坐下。

「你要好好感謝他們幾位，要不是他們集思廣益，帶著我這個老太婆由北到南一路追蹤你的蛛絲馬跡，我也不可能在有生之年找到你。想當年我也報了警，還到處張貼尋人啟事，卻怎麼也沒有你的任何消息。現在他們靠著幾台電腦、一位駭客朋友，和什麼網際網路，就可以搜尋到幾十年前的許多線索，簡直就比警察還要厲害！」

「你們怎麼會查到我在高雄？在火鳥宮？」

奧立佛自認這些年來早已是隱名沒姓，非常低調的以歐莉薇亞的身分躲在火鳥宮裡，就是不希望自己不太一樣的相貌引人側目，這也和他當年躲在原住民部落的原因相同。

夢爵士馬上從腰上的情人袋掏出那幾張卡片：「我們是靠著你寄給素里妲的幾張賀卡，推斷那個圖案可能是某個營業場所的標誌，才總算在網路上搜尋到火鳥宮這個地方！」

「素里妲？你們也見過她了？」

柔涓點了點頭：「我們在靜浦部落待了好幾天，就是因為得知你曾經在那裡長住過。素里妲還要我們轉告你，札魏的許多瑪傌、茵那，和當年的一些哇哇們都很想念你，希望你有機會能帶著靚阿姨回去看看。」

奧立佛的臉色突然黯淡了幾秒，才又抬起頭問：「她現在還好吧？」

「你也是知道的，她嫁到大港口村好多年了，現在也已經有了小孩子，不過每天還是會回靜浦部落，幫她大哥張羅民宿的生意。」

柔涓停了幾秒才問道：「你退伍後為什麼沒有回札魏找她？」

他想了一想，露出一種無奈的苦笑：「我寫過好幾封信要她來高雄陪我，可是……她當時還有一雙老父母，並不願意丟下他們離開靜浦部落，而我也堅持要留在鳳山，想找到記憶中的那個蒂娜。直到後來誤打誤撞進了火鳥宮、入了行，我又開始猶豫該如何去面對素里姐？該如何向她解釋我所從事的行業？更擔心她會不會用異樣的眼光看我？」

「就像你們所看到的，奧立佛就是歐莉薇亞，Olivia只不過是Oliver在舞台上的化名而已，我的職業就是你們所說的變裝藝人。年輕時的我，根本不知道該如何向心愛的女人坦白，自己是個在舞台上穿著女裝搔首弄姿的演員……」他的聲音聽起來清晰宏亮，比起扮演歐莉薇亞時掐著嗓子的音色自然許多。

夢爵士語帶好奇：「所以，你是因為不希望素里姐知道……你是個變裝皇后，才會和她漸行漸遠？」

奧立佛默默點了點頭。

胡靚妹面帶難色，支支吾吾地問：「你怎麼會想從事這樣的表演……難道沒有其他工作可以做嗎？我不是不能接受啦，只是從來沒有接觸過這一行，有點嚇一跳而已……」

也許在她內心深處又浮起那種無謂的罪惡感，總認為這幾十年來只要是奧立佛走偏了，肯定是因為她和萊恩不在身邊所造成的，才會讓他在性別認同上出現了矛盾。

「靚阿姨！變裝藝人有什麼不好？想當年京劇大師梅蘭芳，也是個男兒身反串女旦；粵劇名伶任劍輝亦是女人家出演小生角色；日本更有個寶塚劇院，全是女演員變裝來演男人；泰國也有這類型的變裝秀場，那些男演員的表演可不輸給真正的女藝人呢。」

也許柔涓在演藝圈待過一陣子，對這種反串表演早已是見怪不怪，還鉅細靡遺舉了好些例子。

夢爵士也幫腔：「對呀，這些反串的藝人有些可是紅遍半邊天，甚至還有好幾位是所謂的國寶級藝人呢！你可不要認為他們在台上男扮女裝就是什麼變態，人家梅大師也是正正經經結婚生子的大男人呢。」

雖然柔涓和夢爵士說得頭頭是道，可是對胡靚妹這麼個老人家來說，心裡還是會覺得有點惆悵。畢竟尋尋覓覓了四十多年，再度見面時小小奧立佛卻變成一位高頭大馬的變裝皇后，任許多人也無法接受眼前這個震撼的事實。不過她告訴自己，一定會試著去瞭解他、接受他，也一再克制住自己，不能在奧立佛面前流露出任何遺憾。

「其實我從來也沒想過要成為一名變裝藝人，當年我只不過是個秀場裡的服務生而已，一切就像我剛才說過的，是誤打誤撞。」奧立佛抓了抓頭，侃侃而談自己是怎麼走入這一行。

「火鳥宮的前身是個餐廳秀場，當那類型的表演沒落後，這裡也曾經開過牛肉場或紅包場，大老闆一直想闢一條新的路線，就像東南亞的秀場那樣，專門吸引國外觀光客或旅行團客源。後來才引進了類似拉斯維加斯和紅磨坊的歌舞表演，還考察了歐美的一些大型酒吧，穿插了幾場亞洲風情的變裝秀。」

「我的長相眉清目秀又帶了點異國風味，很快就被網羅到劇團裡受訓，專門變裝成洋女人模仿一些歐美知名女星的歌舞。剛開始我還非常抗拒，不過看在酬勞比端盤子高出許多，我想就先暫時屈就一下，反正下了台也沒人認得出誰是誰！

「可是真正上台表演過幾次後，血液裡的那股表演慾卻被挑了起來，才逐漸豁了出去，放膽在舞台上賣弄風騷，結果……一演就演了快十年。」

他回過頭，從梳妝台的抽屜裡拿出幾本相簿遞給他們，裡面全是這些年來歐莉薇亞豔光四射的各種裝扮。

「出乎意料的是，火鳥宮不定期穿插的變裝秀，竟然比女性舞者的主秀還要受歡迎，許多國外觀光客和旅行團一來到高雄，絕對不會錯過一睹火鳥宮的變裝秀，於是老闆索性就將這裡轉型為專門表演變裝秀的劇院！」

夢爵士驚了一聲喊道：「什麼？你是說剛才兩個小時的歌舞節目裡，那些婀娜多姿、千嬌百媚、風情萬種的舞者，全部都是……金—剛—芭—比？不是只有你這位壓軸反串？」

奧立佛點點頭，還差點笑了出來：「難道你們沒有仔細看過門口的宣傳海報？」

他們幾個人全都搖著頭。

柔涓才終於恍然大悟：「怪不得，我剛才就覺得後台那片開放式的梳化區，有什麼地方怪怪的，當時也說不上是哪裡不對勁，原來……『她們』都是男的！」

休息室門口剛好有幾位舞者經過，奧立佛索性招了招手喊道：「蔡一麟、林自翎，還有那個章博之，你們進來一下！」

三位裝扮得酷似同音女星的年輕團員蹦蹦跳跳跑了進來，無論是正著看或倒著看，他們都長得像貨真價實的女人，不過一開口說話後就露餡了。

「胡老殊，你叫偶們無蝦咪代誌？」三位團員的聲音與長相完全是兩回事，竟然都是男性低沉的破鑼嗓，其中兩位還口操濃濃的台灣國語。

「只是想跟你們介紹一下，這是我媽和她在台北的幾位朋友。」

那幾位山寨女星一聽，興奮地踩著高跟鞋表情誇張地跑到胡靚妹跟前，林自翎渾厚的嗓音還嬌嗔地喃著：「無影咋？吳馬麻看起來粉年輕耶，原來胡老殊的美人唇素像馬麻啦！胡馬麻好……」

胡靚妹霎時覺得一股妖氣沖天，盯著這三位聲音和長相完全不搭嘎的變裝皇后，在驚嚇之餘很勉強地擠出一個似笑非笑的笑容：「嘿……嘿……你們好！」

奧立佛看著夢爵士：「怎麼樣，你現在相信『她們』都是男的吧？」

「好了好了，你們三個小賤貨不要靠我媽這麼近，會嚇壞她老人家的，夠啦！」他用半開玩笑的語氣支開了他們，省得這些金剛芭比人來瘋、亂說話。

那天晚上他們聊了許久，從這些年來母子倆各自的心路歷程，到一路上尋找奧立佛時遇上的種種趣事，都成為他們之間閒聊的話題。

生命中奇妙的機緣，將這幾位原本沒交集的陌生人，緊緊連結在一起，改變了曾經在病榻上孤獨等死的胡靚妹，也同樣深深影響了彥基、柔涓、夢爵士和偉戈，當他們重新回到自己的軌道上，也許將會有更多的勇氣，去面對過往的瓶頸與不順遂。

當奧立佛一行人推著胡靚妹走出休息室時，後台梳化區的好幾位團員都圍攏過來，七嘴八舌向奧立佛祝賀，也熱情的向胡靚妹問候。

對胡靚妹來說，火鳥宮彷彿像個妖光四射的魔窟，那些戴著亮片大睫毛令她瞠目結舌的男子們，眼花撩亂的雌雄莫辨與煙視媚行，的確帶給她這位老人家不小震驚。短時間內，她可能還無法適應奧立佛的職業與工作場所，只能盡量試著去接受小小的奧立佛，如今已經成為變裝藝人的事實。

XXI 奧立佛

高雄的天空帶著點晴空萬里的藍，金黃色的曙光柔和地撒在鳳凰號的車身，還不經意在車窗鑲上一道道耀眼的金邊。

昨晚離開火鳥宮、吃完消夜後，奧立佛就將他們送到附近一間熟識的商務旅館休息，希望在歷經那趟舟車勞頓的長途旅行後，一行人能舒舒服服在旅館裡泡個澡，在柔軟的大床上安穩地睡一覺。一大早，偉戈就將鳳凰號從愛河附近移到旅館旁的停車場，好讓柔涓和夢爵士可以幫著胡靚妹打點行李。

中午時分，奧立佛就會將胡靚妹接回去安頓。

柔涓用奇異筆在每個拉鍊袋外標上了說明，還細心叮嚀著胡靚妹：「這幾帖中藥和赤靈芝妳還是要繼續服用喔！如果吃完了就打電話告訴我，我再幫妳到中醫師那邊多配一些帶過來。」

胡靚妹看著那幾口袋子，神色充滿依依不捨：「柔涓，謝謝妳這些日子以來對我無微不至的照顧，當初要不是妳熱心招集人馬，又陪著我南來北往、東奔西跑，我也不可能會在有生之年與奧立佛團圓……」

「靚阿姨，妳太客氣了！我們倆這麼投緣，又有許多共通之處，我當然不願意眼睜睜看著妳，就那樣心存遺憾躺在醫院裡。就算換作是其他人，只要聽過妳的那番遭遇後，肯定都會有惻隱之心，想盡點棉薄之力幫妳！」

柔涓沒說出口的是，當她第一次見到躺在病榻上的胡靚妹時，曾經像面對一面活生生的鏡子，看到了幾十年後孤獨無依的自己。她怎麼忍心看著鏡中的倒影，就那麼心如止水的在冰冷的安寧病房等死？

胡靚妹緊緊握住柔涓的手，眼眶帶著點濕潤：「妳也要好好規劃自己後面的路呀，靚阿姨覺得妳還是離開那個冉大福吧！也許那樣妳才會更快樂些。我相信以妳的條件，肯定會遇到一位真心愛妳的男人，千萬不要像我這樣……守了一輩子，最後還是孑然一身。」

「靚阿姨妳放心，我懂妳的意思……」柔涓低下頭，將胡靚妹一把摟在懷裡，淚水不由得滑了下來，也分不清到底是為這離情依依而哭泣，還是為了自己過往的種種而流淚。

「這一次和你們分開之後，真不知道什麼時候還能再見一面？你們這幾個年輕人所帶給我的，不僅僅是奧立佛而已，還有許許多多美好的回憶，就算明天我閉上了眼睛，此生也絕對是死而無憾了！」

正在隔壁床幫胡靚妹收拾行李的夢爵士，一聽到她那些消極的陳腔濫調，馬上像只茶壺似地叉著腰喊道：「呸呸呸！妳又在說什麼跟什麼呀？我會向奧立佛耳提面命，我們就只准妳閉上眼睛……睡覺而已！其他什麼駕鶴、騎烏龜的大動作，妳老人家可就不要給我們亂來了喔！」

胡靚妹聽到他那熟悉的無厘頭回應，眼睛反到不聽話地紅了起來：「你這個鬼靈精，以後可要記得打電話給我喔，不然少了你那些天馬行空的冷笑話，靚阿姨的日子肯定會過得很悶呀！」她伸手抓了抓夢爵士那頭染得五顏六色的頭髮，還輕聲喃著：「要好好對待瑪卡帕，可不要辜負人家這麼好的女孩子！」

彥基正巧也走上車，掛掉剛講完的手機後，臉色有點凝重與無奈：「奧立佛剛剛來電，他已經在路上了，大約十分鐘左右就會到。」

胡靚妹聽了既喜又悲，面對這個重逢與分離的交界點，心情竟是如此的矛盾。

「來來來……你也過來讓靚阿姨抱一下，我還沒跟你道謝和道別呢！要不是你這個臨危不亂的諸葛亮，我們幾個一路上可能會像無頭蒼蠅那樣摸不著頭緒，搞不好到現在都沒有奧立佛的下落呢。」

她抱住彥基的肩膀，雙手輕輕拍著他的背：「要記得人生無常、有起有落，如果你都能運籌帷幄幫靚阿姨完成心願、走出陰霾，我相信你也同樣可以扭轉自己的命運，為自己找到一個更光明的未來，最重要的是不能放棄！」

一向內斂又不喜形於色的彥基，此刻的心情感概無比，垂著眉不斷點頭，還不捨地吻了胡靚妹的兩頰：「我一定不會讓妳失望，妳也要好好保重自己的身體喔。」

杵在駕駛座旁的偉戈，早已哭得像隻大花貓。

胡靚妹看著他，忍不住搖搖頭笑了出來，還緩緩張開瘦弱的雙臂喊著：「還有你這個大壞蛋，過來！」

只見平常粗枝大葉的偉戈，此時卻像個扭捏的少女，淚漣漣地拖著沉重的腳步走向她。

「你呀，是這當中我認識最久的，也是最讓我擔心的一個。雖然這些年來你瞞著我在外面招搖撞騙，可是我一直認為那絕對不是你的本質，只不過沒有機會接觸到正面的朋友，教你去做對的事。你以後還是要跟彥基他們多多學習，不要繼續過那種混吃等死的日子了！有空就來高雄探望靚阿姨，你也算是我的第二個兒子，無論我們今後的命運將會如何，記得還有我這個老太婆在關心你。」

胡靚妹的一番話，讓淚流滿面的偉戈更是哭得柔腸寸斷，還趴在她的大腿上抽咽地喊著：「靚阿姨……我已經慾火焚……不……浴火重生、改過自新了！回台北後肯定會找一份正正當當的活幹，不會再像以前那樣騙吃騙喝了……妳一定要相信我……」

胡靚妹露出欣慰的笑容，緩緩撫摸著偉戈的鋼刷頭。她知道這一次他是真心改過向善了，曾經蟄伏在偉戈內心那個單純的赤子，如今終於打開心門緩緩走了出來。

正當大家都哭得淚眼婆娑時，奧立佛也剛好趕到。

他頭一遭踏上鳳凰號，就看到這幅哭天喊地的景象，整個人錯愕地站在車門邊：「我是不是錯過什麼了？怎麼大家都變成泡泡眼金魚了！」
胡靚妹馬上用手帕擦了擦眼淚：「沒有啦，我只是在跟他們一一話別而已。」
奧立佛看著他們這幾尊淚眼哭娃，表情有點尷尬地說：「實在不好意思，我可不是存心要將蒂娜從你們身邊搶走喔！不過現在高鐵這麼發達，無論是你們來高雄或者我們去台北，都只需要不到兩小時，我一有空肯定會帶著蒂娜回台北探望大家！」
「真的？一言為定喔！」夢爵士將胡靚妹的行李箱和旅行袋遞給了奧立佛，還順勢給了個High Five擊掌。
柔涓卻酸溜溜地調侃：「唉呀，你以後也不住台北，他們可能還要跑到靜浦部落，才能見到您夢大作家的本尊囉。」夢爵士聽了滿臉通紅，朝著柔涓吐了吐舌頭作鬼臉。
當他們陪著胡靚妹走下鳳凰號後，奧立佛突然轉過身露出一種詭異的笑容，還故作神祕對著胡靚妹說：「蒂娜，我有一個大驚喜要送給妳喔！妳先在這裡等一下！」
只見他高瘦的身影跑到幾米外的一台休旅車旁，興奮地拉開了後座車門，從裡面扶出一位打扮素雅的長髮女子。她穿著一件寬鬆的鵝黃色連身裙，臉上帶著一抹靦腆的微笑，嬌小的身材看上去大約只有三十多歲。
奧立佛還從她身後的嬰兒安全椅上，抱出一個看起來不到兩歲的小娃兒，兩個人一左一右牽著還在學步的小男孩，緩緩走到胡靚妹的跟前。
「蒂娜，我要向妳介紹，這位就是妳的媳婦旖妮，還有這個小鬼頭就是妳的孫子！他的名字也叫作奧立佛，不過是『奧立佛二世（Oliver Jr.）』喔！」

胡靚妹頓時覺得天旋地轉，在腦袋都還沒有理清頭緒之前，旖妮早已熱情地擁抱了她，還喊了一聲媽。她詫異的上下打量起這位長相清秀的女子，總算才回過神露出一種滿意的笑容。

「這……實在是個大驚喜！我們家奧立佛竟然找到這麼個標緻的媳婦！」。

奧立佛順勢將二世抱了起來，好讓胡靚妹可以仔細端詳，只見她的嘴唇激動得發著抖，無法置信地喃著：「我的孫子……我有孫子了！啊，我真的有孫子了！」

她有點手足無措，還不斷跟身邊的柔涓說：「這怎麼可能……前幾天我還是個一無所有的老太婆，現在不但是兒子找到了，還多了一位漂亮的媳婦和可愛的孫子，我這不是在作夢吧？」

奧立佛俏皮地掐了一下胡靚妹的胳臂，然後認真地說：「當然不是夢！妳和我曾經失去的那份天倫之樂，現在就由二世陪著妳再來一次吧！所以呀，為了要看著妳的孫子長大成人，從今天開始妳要更堅強去戰勝病魔喔！」

他將二世緩緩放進她的臂彎裡，還逗著正牙牙學語的兒子說話：「叫阿—嬤……阿—嬤。」

胡靚妹看著在懷裡手舞足蹈的二世，彷彿再度見到當年那個小小的奧立佛。他睜著一雙清澈的淺棕色眼眸，正用圓滾滾的小胖手好奇地摸著她的臉龐。

胡靚妹輕撫著二世的腮幫子，樂不可支地喃著：「對，你也掐阿嬤一下，告訴我這不是在作夢。」

夢爵士搔了搔頭，有點納悶地問奧立佛：「咦，這麼說來你不是同志喔？我還以為變裝藝人或許都……」

柔涓聽他問得如此直接，馬上插了嘴：「什麼銅製？銀製？我還塑膠製的啦！你怎麼可以問人家這種問題？」

「不是啊，妳看昨晚靚阿姨擔心成那個樣子，還一直認為肯定是她和萊恩不在身邊，才會讓奧立佛轉性走上了變裝皇后的路……」

夢爵士無辜地瞥了一眼胡靚妹，只見她老人家傻笑了幾聲，又低頭繼續逗著懷中的小孫子。

奧立佛這下子才恍然大悟，還看著胡靚妹大笑了出來：「原來如此！火鳥宮的變裝只不過是我在舞台上的表演而已，下了台後我可還是百分之百的男兒身呢！其他團員是不是『銅製的』我不清楚，不過妳兒子我絕對是個鐵錚錚的男子漢啦！我和旖妮還打算再幫妳生個孫女，湊成一對真正的奧立佛和歐莉薇亞二世！」

胡靚妹霎時羞紅了臉：「沒有啦，你們就當是我這老太婆沒見過世面，自個兒在那胡思亂想！」

大家看她那副尷尬的模樣，全都噗哧一聲笑了出來。對她來說昨晚種種的疑慮，現在也總算如釋重負，心中那股莫名其妙的虧欠感或罪惡感也隨之煙消雲散。

正午的艷陽將柏油路曬出陣陣熱氣，胡靚妹在奧立佛、媳婦和孫子的陪同下上了車，隔著車窗還不斷向他們揮別。她的笑容散發出一種神采奕奕的生命力，在親人與朋友的關心之下，那位落寞的孤單老婦人早已成為了過去。

奧立佛的休旅車緩緩在市街上揚長而去，只留下柔涓、彥基、夢爵士和偉戈的身影，還傻傻地向著遠處揮手。他們的心中忽然浮起一種失落感，就像這陣子大夥一直圍繞的那個圓心，突然之間憑空消失了。

彥基嘆了一口氣，回過頭看著大家：「怎麼樣，我們也該上路回台北了吧？」

夢爵士和偉戈默默點了點頭。

只有柔涓的目光仍然停在遠方的塵囂，還若有所思地問：「你們回去之後有什麼打算呀？」

「我呀？阿夢已經幫我連絡過好幾位作家朋友，我想我應該會試著朝作家經紀人這個方向發展，幫著那些忙於文字創作的作家們，處理一些溝通、調解與公關方面的事務。總之，我還在規劃到底可以做到什麼程度，再怎麼說都值得一試，至少比跑到夜市擺攤來得有挑戰性！」

柔涓幽幽地說：「這樣的話阿夢就可以躲到靜浦部落寫書，過著與世無爭、只羨鴛鴦不羨仙的隱居生活！」或許真像胡靚妹說的那樣，她無法想像少了住在隔壁的無厘頭宅男，日後的生活不知會有多麼無趣呢。

她轉過頭望著偉戈：「那你呢？剛才跟靚阿姨說的那些話，該不會是在誆她吧？」

偉戈連忙解釋：「當然不是！這一趟開了幾個星期的鳳凰號後，突然覺得那種在公路上風馳電騁的感覺，仍然是令北的最愛啦！所以回台北之後，應該會到換帖兄弟開的那間旅行社，去幫忙他們開開陸客旅遊團的遊覽車，他之前就已經招過我好多次了！」

「那不錯呀！至少這也是『令北』你的一技之長！」

「白柔涓，妳都聽完我們的打算了，那妳自己呢？」彥基揚了揚眉問她。

她看著遠方的天空想了一想，才幽幽地說：「我可能會聽靚阿姨的話，離開冉大福！將那間公寓還給他，離開那座已經沒有主人的鳥籠。這些年來他幫我也幫夠了，現在應該是時候了斷清楚，沒有必要再那樣互相牽制下去。我會回新店老家陪我爸爸住，自從前幾年我媽去世之後，他的身子就越來越差了，也應該需要有個人在身邊照料。」

「我想我也會聯絡那幾位熟識的鄉土劇或長壽劇製作人，放開心胸去接演那些二線或三線的小角色……反正，什麼樣的年紀就該扮演什麼樣的角色嘛！我不會再去眷戀過往聖女天后的光環了。」

她一邊說著話，一邊隨著夢爵士和偉戈走上了鳳凰號。微風輕拂過柔涓米白色的長裙，彷彿像一朵低首綻放的百合花在風中搖曳著。

彥基抬起頭望著車門階梯上的背影，猶豫了好久，才終於鼓起勇氣大聲地問：「那麼，我們還會再見面吧？有空的話……我可以打電話約妳出來嗎？我是說……就只有妳和我……」

柔涓的身影突然停格在階梯上。

隔了好幾秒才緩緩回過身，注視著車門下的彥基。她的臉上泛著一抹驚訝，緩緩垂睫點了點頭，然後帶著點靦腆連忙轉身繼續走上車。彥基睜大了眼睛，露出一種少有竊喜表情，也馬上三步當兩步跟著跳上了車。

天空出奇的藍，只有燦爛的艷陽高掛當空，無盡的長空彷彿掛不住一絲雲彩，靜靜的向海平線延伸著，從海上吹來的風帶著點暖暖的餘溫，溫柔地拂過這個陌生的城市。鳳凰號穿過了櫛比鱗次的街道，緩緩朝著北上的高速公路駛去，陽光下的它閃爍著一種奇妙的光芒，帶著無比的希望馳騁在這條夏日的公路上。

對他們來說這是「奧立佛行動」的結束，但也將是他們人生列車下一站的起點。車上的他們，隨著車窗外吹掠的亞熱帶季風，將過往種種不順遂輕輕地徐風遠颺，讓它們就那樣乘著熱空氣緩緩飛散到遠方的海岸線。

永遠，消失在深深的心海中……

EPILOGUE以吻封緘

一九六七年，越南峴港。

十一月的中南海岸依然是黏答答的濕熱氣溫，萊恩背著一只輕便的軍用單肩包，大步走出了美軍後勤部隊的營區。正午的陽光刺眼地照在他的臉龐，他瞇著眼壓低了軍帽簷，用袖口揮掉了兩頰的汗珠。

營區大門外一如往常，聚集著各種小販、人力車或流動攤子。獐頭鼠目的皮條客一見到美國官兵，便鬼鬼祟祟地走上前，口操越南腔英語問道：「（漂亮的東方姑娘要不要呀？保證都很乾淨沒有性病喔！）」

幾步之遙也站著幾位穿著越式奧黛旗袍、戴著時髦太陽眼鏡的濃妝女子，正朝著路過的美國大兵們不斷嬌嗔地喊著：「Hello! Handsome…」

捧著紙箱的年輕販子們也上前，尾隨著他不斷叫賣：「（美國香菸、進口啤酒……需要嗎？）」其中一位少年還壓低聲音喃著：「（上等的大麻煙草也有喔！）」

萊恩揮了揮手將那些死纏爛打的販子支開，就跳上一台人力車往鬧區的方向去。

峴港的街道上除了本地占多數的京族人之外，處處都可見到或黑或白的大兵。近幾年以來，這片狹長的中南半島上，突然湧進了四十多萬的盟軍部隊，擦身而過的美國大兵早已成為市街上見怪不怪的風景。

車伕將人力車拉到鬧區後，便回過頭客氣地問他要在哪邊下車，萊恩隨手指了指前方一間簡陋的咖啡廳，打算先在那裡殺些時間。其實這片所謂的鬧區，只不過是個小販、人力車和流動攤子更多的街道，少了營區外圍的ＭＰ憲警掃街巡邏，花枝招展的流鶯更是明目張膽對著大兵們頻送秋波、投懷送抱。

他走進那間洋名叫「紐約之光」的昏暗咖啡廳，挑了一張在角落的朱紅色破舊卡座，點了一杯黑咖啡後，就拿出草綠背包裡的鋼筆和信紙，低著頭在光線暗淡的桌上寫信。其實這間所謂的咖啡廳，也只不過是個兼賣咖啡的冰果室，除了少數幾位本地人之外，其他大多是一些美國大兵和風塵女子之類的顧客。

這是他被ＭＡＡＧ派駐到越南，技術支援美軍後勤部隊的第五天，經過幾天以來一連串需要適應的人事物之後，他總算可以抽空走出營區看看外面的世界。也終於可以好好寫一封信給遠在台灣的蒂娜。

「My Dearest Christina：

（當妳收到這封信時，我已經被轉派到越南前線了。由於人事命令來得太突然，請原諒我當時無法即刻通知妳，也不允許在信中透露這次任務的細節。不過請妳絕對放心！這應該只是短期的支援行動，台北的長官也允諾我，會讓我在明年退役之前先歸建回台灣。回去之後，我一定會盡快辦好我們的結婚手續和軍眷申請，然後帶著妳和小寶貝回美國，到舊金山見我的父母和弟弟們。我媽一定會非常高興她竟然要當祖母了！

我多麼希望可以趕在妳的預產期之前回台北，多麼迫切想飛回妳的身邊守候，陪著妳一起迎接我們的小寶貝降臨。萬一我沒有趕上那個重要的日子，請妳一定要在小寶貝的耳畔告訴他：爹地很快就會回來了，還會買很多很多玩具送給他，小寶貝要乖乖聽媽咪的話，爹地真的很愛他！很愛媽咪！

還記得我們唱過的那首歌嗎？這陣子還常會在我的腦海輕輕響起——『如果你要到舊金山，別忘了在頭上戴幾朵花；如果你要到舊金山，你會遇見許多和善的人們。對那些到舊金山的人們來說，那兒的夏日時光充滿了愛……』妳知道嗎？那裡也將會是妳、我和小寶貝共組家園的美麗城市。雖然如今我們兩地相隔，可是只要再忍一段時間，一切終歸會雨過天青！

等我在這裡穩定之後，一定會更常寫信給妳，也會定期寄上妳和小寶貝所需要的生活費，或者請ＧＡＡＭ的同事當面將錢轉交給妳，這樣妳就不需要在懷孕期間繼續到Perry's駐唱了。記得，我永遠愛著妳、想著妳，無論我身在何處！）

Love and Kisses,

Ryan Jenkins in Da Nang, Vietnam」

萊恩將信紙摺了兩折，小心翼翼在裡面夾了幾張美元大鈔，和一張他穿著軍便服的黑白照片，然後在航空信封的正面，寫上了蒂娜的名字及台北的英文住址。當他緘起信封時，也在封口深深吻了一下，還用鋼筆在背面的黏合處畫了一顆小小的心，裡面寫著他和蒂娜的英文縮寫R＋C。

然後傻笑著將這封信收到草綠背包裡，等有空時再請郵務士幫他寄出去。

其實，他心知肚明被指派到越南的原因，並非只是前線的後勤單位短缺技術士，更多的可能是因為他與蒂娜之間的事情東窗事發，才會造成顧問團的種種顧慮。那幾年美軍在台灣已經發生過好幾起子弟兵與民間婦女的感情糾紛，甚至還鬧出美國大兵強暴當地婦女的案件，造成台灣民眾對美軍反感至極的負面形象。

這些正常或不正常的感情關係，大多會被一手遮天壓下來，當事者通常會旋即被調離台灣，轉任到其他的駐守國家。他與蒂娜單純的異族戀情，也因此被上級長官視為會引發另一起爭端，才以棒打鴛鴦、快刀斬亂麻的方式，將他迅速調離台灣，活生生拆散了那段不該發生的感情。

萊恩用手撐著頭，傻楞楞地凝視著窗外的人來人往。

他之所以會有這麼個優閒的午後休假，是因為明天他就要和幾位同袍出發，到順化郊外的一個臨時裝甲基地，協助駐防在村落附近的一個戰車連排除疑難。他們這幾位專精M48巴頓坦克和M113裝甲車的技術人才，必須找出一個有效的解決方案，降低因越南叢林密布的地型，對坦克與裝甲車所造成的高損壞率。

峴港距離順化郊區大約有七、八個小時的車程。當他們還在吉普車上時，另外兩位戰區的資深技術士早已跟他耳提面命，在那些臨時的基地附近哪些地方可以去、哪些地方不可以去，為了要防止北越部隊的夜間突擊，有些外圍地區都埋著無數的地雷和詭雷，萬一誤闖雷區可能就會被炸得身首異處。而那些深藏在樹林裡的不定時炸彈，在移防前就算出動掃雷犁坦克，也不見得可以完全清除得掉。

在他們抵達目的地之前，萊恩還期待會看見一些水稻隨風搖曳的農村風光，或是山明水秀的郊外景觀。可是當他們下了車後，他才發現眼前的景象盡是一片片斑駁光禿的山丘，四周所見之處全是沒有葉子的枯樹與灌木叢。

「（這都要拜『橙劑（Agent Orange）』所賜，瞬間就將雜草或樹林之類的物障給枯萎掉了，如此一來北越的突擊隊就沒辦法搞什麼叢林游擊戰了！）」

一位同行的士官喜孜孜望著那一片不毛之地，可是看在萊恩眼中，那裡卻像是一片充滿劇毒的人間煉獄。

他們在那個戰車連待了好幾天，還是沒有研究出一套解決方案，能夠避免坦克和裝甲車的履帶，在行進於叢林時不再絞入大量的樹枝與樹根，而造成輪軸卡死、失控或引擎損壞的情況。

「（這個問題我們去年就向指揮部反映過好多次，還是沒有什麼車體改良的命令批下來！再這樣下去，我們這一連還真的要變成『戰車無用論』的犧牲者，根本就是英雄無用武之地嘛！）」戰車連的少尉保養官一邊說得口沫橫飛，一邊坐在石頭上大啖軍用罐頭。

萊恩皺著眉頭想了半天，才慎重地回答：「（眼前能夠解決的方式，就是請兵工廠那邊打造一批履帶車的護蓋，安裝在兩側及前後的輪軸外，如此至少可避免過多的樹枝和樹根再插進履帶和齒輪中。不過要為這幾款車體量身打造那些護蓋附件，也不可能是一兩天就能完成的工程……）」

他們幾位士官和軍官就那樣你一言我一語，光著腳坐在小丘上吃野戰午餐。

當萊恩也跟著大家啃著乾糧和軍用罐頭時，突然瞥見遠處有兩位孩童正在枯草地上玩耍，也許是附近農家的孩子，一位小女孩正追著另一位拿著紙風箏的小男孩，又笑又叫的往林子的方向跑。

他頓時神經一繃，放下了手中的罐頭問道：「（那片林子旁邊不是有雷區嗎？）」

那位保養官不以為意，只是點了點頭繼續吃著他的罐頭。另一位技術士還一派輕鬆地說：「（沒事的，只不過是兩個越南小鬼在玩，他們不會真的跑過去啦！）」

可是萊恩卻眼見他們頭也不回，一路嬉鬧忘情地跑著，絲毫沒有要停下來的打算。一名越南籍的一等兵也從萊恩身後的崗哨衝了出來，還不斷用越南話喊著：「（不要再跑了！停下來！停下來！）」

可是隆隆的風聲蓋過了他的聲音，那兩個孩子壓根子沒聽到他在喊些什麼。

萊恩眼見情勢不妙，連一旁的軍靴也沒時間穿上，就馬上赤著腳跳下了小丘，三步當兩步往那個方向追去。

身後的那位技術士被他突如其來的舉動嚇了一跳，還不斷喊著：「（你這是幹什麼呀？太危險了，你不要過去吧！他們只不過是幾個越南小鬼而已……）」

他根本顧不了那麼多，只是本能地想去攔住那兩個孩子！可是說時遲那時快，前方已經突然揚起一陣轟然巨響，竄起了一道幾米高的橘黃色火光和沙土。

那位拿著風箏的小男孩頓時被一股力道高高甩到空中，然後瞬間就被炸成了碎片。

萊恩在幾米之遙，睜著驚恐的雙眼追逐、吶喊著，好不容易才抓到了小女孩的手！正當他想牽著她急著往回跑時，卻頓時感覺腳板底下沉沉地喀嚓了一聲，當他還沒意會過來之前，反射動作所抬起的那隻腳，也馬上引爆了另一顆地雷。

一切就像是停格慢放的影片，緩慢在他的眼前播放著。他什麼聲音也聽不到了，只清楚看見橘紅的光線中，那個拋得比他還高的小女孩，穿著一件白色的短袖上衣，和一條半長不短的棕色小褲子，強勁的爆炸力狠狠將她撕得皮開肉綻。

他的雙眼只剩下一片漆黑。

在黑暗中，他彷彿聽到遠處混亂的人群，和呼喊著軍醫的吵雜聲，還交疊著蒂娜溫柔的嗓音重複地問著：「（那我到時候是不是該在頭上戴幾朵花？有一首新歌不是唱道，如果你要到舊金山，別忘了在頭上戴幾朵花……戴幾朵花……幾朵花……）」

聲音一下子大，一下子小不斷迴盪著，然後離他越來越遠，越來越小聲……

午后的陰鬱天空霎時下起一場傾盆的雷陣雨，雨絲狠狠落在乾裂的黃土地，打在那片枯黃的雜草上，將它們染成了更深的暗褐色。那些殷紅在泥土上的血肉模糊，被雨水沖刷後化成了淺淺的粉紅色，隨之滲進地面的裂縫裡，化成一片片污濁的泥濘。

遠處的濕地上，躺著一個被炸得支離破碎的軍用草綠包，正開著口仰望著降雨的天空，像是在對著上天死命地哭喊著。袋子裡那只雪白的航空信封濺滿了泥印與血跡，正任由無情的雨水將它淋得稀爛，畫在信封黏合處的那顆心和兩個字母，也隨著水痕殷了開，慢慢暈成了一片模糊的淺藍色墨跡。

那些他想傳遞給蒂娜的愛與誓言，

彷彿也像從未發生過，

一切都不曾存在……

THE END

釀冒險12　PG1542

火鳥宮行動

作　　者	提子墨
責任編輯	喬齊安
圖文排版	杜心怡
封面設計	蔡瑋筠

出版策劃	釀出版
製作發行	秀威資訊科技股份有限公司 114 台北市內湖區瑞光路76巷65號1樓 電話：+886-2-2796-3638　傳真：+886-2-2796-1377 服務信箱：service@showwe.com.tw http://www.showwe.com.tw
郵政劃撥	19563868　戶名：秀威資訊科技股份有限公司
展售門市	國家書店【松江門市】 104 台北市中山區松江路209號1樓 電話：+886-2-2518-0207　傳真：+886-2-2518-0778
網路訂購	秀威網路書店：http://www.bodbooks.com.tw 國家網路書店：http://www.govbooks.com.tw
法律顧問	毛國樑　律師
總 經 銷	聯合發行股份有限公司 231新北市新店區寶橋路235巷6弄6號4F 電話：+886-2-2917-8022　傳真：+886-2-2915-6275

出版日期	2016年7月　BOD一版
定　　價	300元

國家圖書館出版品預行編目

火鳥宮行動 / 提子墨著. -- 一版. -- 臺北市 :
釀出版, 2016.07
面 ;　公分
BOD版
ISBN 978-986-445-126-5(平裝)

857.7　　105009853

讀者回函卡

感謝您購買本書，為提升服務品質，請填妥以下資料，將讀者回函卡直接寄回或傳真本公司，收到您的寶貴意見後，我們會收藏記錄及檢討，謝謝！如您需要了解本公司最新出版書目、購書優惠或企劃活動，歡迎您上網查詢或下載相關資料：http:// www.showwe.com.tw

您購買的書名：________________________________

出生日期：________年________月________日

學歷：□高中（含）以下　□大專　□研究所（含）以上

職業：□製造業　□金融業　□資訊業　□軍警　□傳播業　□自由業

□服務業　□公務員　□教職　□學生　□家管　□其它____

購書地點：□網路書店　□實體書店　□書展　□郵購　□贈閱　□其他

您從何得知本書的消息？

□網路書店　□實體書店　□網路搜尋　□電子報　□書訊　□雜誌

□傳播媒體　□親友推薦　□網站推薦　□部落格　□其他________

您對本書的評價：（請填代號　1.非常滿意　2.滿意　3.尚可　4.再改進）

封面設計____　版面編排____　內容____　文／譯筆____　價格____

讀完書後您覺得：

□很有收穫　□有收穫　□收穫不多　□沒收穫

對我們的建議：________________________________

____

____

____

請貼
郵票

11466
台北市內湖區瑞光路 76 巷 65 號 1 樓

秀威資訊科技股份有限公司 收

BOD 數位出版事業部

....

（請沿線對折寄回，謝謝！）

姓　　名：____________________　年齡：________　性別：□女　□男

郵遞區號：□□□□□

地　　址：____

聯絡電話：(日) ____________________ (夜) ____________________

E-mail：____